*François Mauriac est né en 1885 à Bordeaux (Gironde),
où il étudie chez les marianistes et à la faculté des
Lettres. Il renonce à l'École des Chartes pour faire ses
débuts littéraires en 1909 avec des poèmes. La notoriété
lui vient par ses romans publiés après la guerre de
1914-1918 :* Le Baiser au lépreux, Le Nœud de vipères,
Genitrix, Le Désert de l'Amour, *etc.
Ce romancier et poète est aussi dramaturge (*Asmodée,
Les Mal-Aimés*), essayiste et polémiste (*Le Bloc-notes,
Mémoires intérieurs, Ce que je crois, De Gaulle,
Mémoires politiques). Son dernier roman,* Un adolescent d'autrefois, *a paru en 1969. Élu à l'Académie
française en 1933, lauréat du prix Nobel de littérature en 1952, François Mauriac est mort à Paris le
1er septembre 1970.*

Jean Péloueyre se sait laid, insignifiant, d'avance
retranché des joies de l'existence : « fortune, gloire,
amour ». Or voilà que l'on songe sans rire à le marier
avec la plus sage et la plus jolie des filles du pays :
Noémi d'Artiailh. Jean s'attend à un refus, lui qui se
cache pour traverser le bourg de crainte des sar-
casmes. Même si elle rêve d'un « beau jeune homme
aux interchangeables visages », Noémi, en fille docile,
accepte « cette larve qui est son destin ». Il n'y aura
pas de miracle : le mariage ne fait qu'accentuer le
dégoût instinctif de Noémi. Éperdu d'amour et d'humilité, Jean la regarde s'étioler. Alors naît dans son
esprit la solution fatale, le stratagème généreux qui
doit tout arranger. C'est compter sans les interdits de
cette société landaise, avide d'honorabilité et d'argent,
dont François Mauriac est le peintre impitoyable.

ŒUVRES DE FRANÇOIS MAURIAC

Dans Le Livre de Poche :

FRANÇOIS MAURIAC

Le Baiser au lépreux

PRÉFACE ET NOTES DE JEAN TOUZOT

BERNARD GRASSET

Préface

« La charmante source » qu'en mars 1910[1] Barrès avait découverte en Mauriac et désignée à la France, s'était-elle égarée en chemin ? Son *« avril »* à peine salué, des gelées avaient-elles compromis *« les quatre saisons de fleurs et de fruits »* que laissait espérer l'auteur des Mains jointes ? Comment ne pas croire que Barrès s'était engoué ou trompé, puisque dix ans de laborieuses tentatives n'avaient débouché sur

---

1. L'article, paru dans *L'Écho de Paris* du 21 mars 1910, sous le titre : « Les Mains jointes », a été reproduit par Mauriac dans *La Rencontre avec Barrès*. On trouvera les deux citations que nous en donnons dans les *Œuvres autobiographiques*, édition de François Durand, « Bibliothèque de la Pléiade », Gallimard, Paris, 1990, p. 197. Nous renverrons désormais à cette édition par le sigle O.A., suivi du numéro de la page. Ajoutons que les références au texte du *Baiser au lépreux* ne feront pas l'objet de notes dans cette préface pour éviter leur multiplication.

aucune œuvre véritablement accomplie. «Un laissé-pour-compte d'avant-guerre[1]», la formule qu'après coup Mauriac souffle aux historiens eût pu venir à la plume des augures de 1920. Un Du Bos, par exemple, l'eût ratifiée, si Mauriac dit vrai : «Avant Le Baiser au lépreux, *pas une ligne de moi ne lui avait fait pressentir que je dusse un jour m'élever jusqu'au rang des écrivains qui comptaient à ses yeux[2].» Et pourtant le nourrisson des Muses était sorti du pieux cocon de sa poésie, il avait cherché sa voie dans la critique et dans l'essai, il s'était risqué au journalisme. Surtout, il avait persévéré dans le roman. En pure perte ? On le croirait, à relire les témoignages qui datent de cette période infructueuse.*

En 1918, alors qu'il donne des œuvres de fiction à telle ou telle revue, Mauriac prend un autre de ses maîtres les plus admirés en flagrant délit de méprise sur son talent : «Jammes ne me parlant que de mes petites notes critiques, mes "médaillons" comme il dit, assurant que je suis fait pour écrire cela et croyant me faire plaisir[3] !» Passe pour Jammes, «en dehors de la poésie [...] aussi aveugle qu'une taupe sortie de terre[4]». Mais La Nouvelle Revue française

---

1. Voir «Supplément aux souvenirs», in *François Mauriac*, «L'Herne», n° 48, Paris, 1985, p. 132.

2. *Ibid.*

3. *Journal d'un homme de trente ans*, O.A., p. 247.

4. *Le Dernier Bloc-notes 1968-1970*, Flammarion, Paris, 1971, p. 108.

l'ignore, dont il écrira plus tard : « *Littérairement, c'était mon évangile[1].* » Longtemps Mauriac s'est désolé de ne point exister pour les amis de Gide. Avec le recul du prix Nobel, il est revenu sur l'abandon intellectuel dans lequel il se sentait alors tenu : « *J'aurais donné tout ce que j'avais fait et tout ce que j'avais publié, tout ce qu'il y avait de plus brillant dans ma vie pour faire partie de ce petit groupe[2].* » Dans une lettre à Isabelle, il évoque son regret de n'avoir pas plus tôt capté l'intérêt de Jacques Rivière : « *A son contact j'aurais gagné dix ans de tâtonnements, de recherches[3].* » Son troisième roman, par exemple, La Chair et le Sang, *suscite à* La N.R.F. « *un petit compte rendu extrêmement banal[4]* ». Et ce n'est pas Rivière, un Bordelais comme lui, qui le signe. L'entremise de Proust arrache un articulet sur Préséances[5]. *Thibaudet y envisage le quatrième roman « sans beaucoup d'enthousiasme ». Telle est la chiche lumière que la revue-phare jette sur le jeune maître sans public. Et, de ce peu qui succède à un rien, Mauriac sait sagement s'accommoder.*

---

1. *La Rencontre avec Barrès,* O.A., p. 191.
2. François Mauriac, *Souvenirs retrouvés,* Fayard/INA, Paris, 1981, p. 121.
3. Alain Rivière, *Isabelle Rivière ou la passion d'aimer,* Fayard, Paris, 1989, p. 25.
4. Dont Mauriac pourtant se dit « enchanté ». Voir *Souvenirs retrouvés,* p. 123.
5. Voir la lettre de Mauriac à Proust *(Lettres d'une vie,* Grasset, Paris, p. 113) qui répond à celle de Proust, reproduite dans *Du côté de chez Proust* (O.A., pp. 280-281).

Les fonctionnaires de la critique s'accordent à dénigrer ses romans, lorsqu'ils ne s'en gaussent pas méchamment. A la réserve d'un nom d'oiseau, Rachilde et Paul Souday font chorus contre L'Enfant chargé de chaînes. *« Jeune veau[1] », est-ce un compliment plus amène que « jeune serin[2] » ? Pauvre Jean-Paul Johannet : il fonde une lignée de personnages que leurs contradictions agacent et qui s'en punissent sur autrui. Ironiques et mous... Ils n'ont ni le courage de s'enraciner dans l'ordre établi ni l'audace du libertinage. La vie les rebute, la littérature ne comble qu'à demi leurs faims. Les censeurs ecclésiastiques, qui suivent de près le rendement d'un « écrivain maison », ont beau jeu d'expliquer le fiasco du romancier par les incertitudes de sa morale. On observe, par exemple, que l'orphelin de* La Robe *prétexte va chercher dans les « bras d'une sirène montmartroise » l'occasion de raviver le « délicat plaisir » que lui procure l'usage de la confession[3]. On s'insurge contre l'« assez bizarre amalgame de christianisme et de romantisme[4] » dont un paysan fourvoyé au séminaire infecte* La Chair et le Sang. *L'abbé Bethléem, redoutable juge de*

---

1. Voir François Mauriac, *Les paroles restent*, Grasset, Paris, 1985, p. 34.
2. Voir *François Mauriac*, L'Herne, p. 172. Tout l'article est reproduit dans ce recueil, pp. 170-172.
3. Voir *L'Ami du clergé*, 1920, p. 74.
4. Selon Louis de Mondadon, dans *Études*, 20 mars 1921, p. 635.

La Revue des lectures, *disqualifie* Préséances *au nom du même dosage sacrilège. Bref, pour de longues années, une tradition de la critique mauriacienne se trouve fondée sur la notion de défaillance : la maîtrise de l'œuvre passe par l'aptitude du personnage à se maîtriser lui-même...*

Mais Mauriac lui-même est-il moins lucide, ou plus indulgent ? Nous ne parlons pas de l'homme arrivé, de l'écrivain couronné, qui se penche sur son passé, exécutant des person-nages qu'il dit construits « de chic[1] », démas-quant les souvenirs livresques qui traînent dans les quatre juvenilia. *Non, c'est au romancier de l'automne 1921 que nous souhaitons donner la parole, celui du futur* Baiser au lépreux, *un court manuscrit qui s'appelle toujours* Péloueyre, *puisque Bernard Grasset n'a pas encore réagi à ce titre. Et le « débutant » de trente-six ans se berce dans son journal de cette maigre satisfac-tion :* « Préséances *a souligné, a accru le succès d'estime que m'avait valu* La Chair et le Sang. *J'existe un peu[2]. » Un mois plus tard, une ren-contre prouve à Mauriac qu'aux yeux du sour-cier il existe un peu moins, sinon plus du tout. Ce Barrès, qu'il a payé de dix années de dédicaces ferventes, lui pose une question qu'on*

---

1. Dans la préface donnée aux *Œuvres complètes*, « Biblio-thèque Bernard Grasset », chez Arthème Fayard, Paris, t. X, 1952, p. 11.

2. O.A., p. 263.

espère distraite : « Que faites-vous[1] ? » Quelle mise entre parenthèses ! On croirait que Barrès, sa découverte faite, s'est assoupi sur le manuscrit des Mains jointes. *Autant décerner à l'écrivain un brevet de nullité. Ce que traduit Mauriac en soupirant dans son journal : « Aucune idée d'aucun de mes livres ! » Et il fait entendre l'écho de sa contre-attaque : « Je le somme de lire* Péloueyre *qui n'aura que cent vingt pages. » Par une telle question Barrès s'est-il déjugé ? Relance-t-il, au contraire, son poulain dans la carrière des lettres, comme un parrain bourrelé d'exigences ?*

L'heure est proche, d'un succès dont Mauriac est bien le dernier à imaginer l'ampleur. Vingt ans plus tard, la rédaction de ses mémoires lui offre l'occasion d'évoquer son état d'esprit en cet hiver 20-21 : « Je ne me doutais pas, écrit-il, que je me trouvais au moment de devenir un des romanciers du jour, que le succès immédiat, les flatteries, la publicité d'un éditeur endiablé allaient m'éperonner, me pousser dans mon sens, m'exercer à ces ellipses, à ces raccourcis, à ces escamotages, à ce style hâtif, que mon enthousiaste et cher Charles Du Bos allait anoblir en l'appelant mon "tempo"[2]. » Laissons cette excellente définition que donne de lui-même un romancier de l'impatience, encore qu'elle puisse fournir l'explication de la réussite. Si tous les

---

1. *Ibid.*, ainsi que pour les deux citations suivantes.
2. *François Mauriac*, L'Herne, p. 132.

ingrédients du roman mauriacien sont présents dans les quatre ébauches, la petite forme du cinquième essai — son effort vers le resserrement — a peut-être contribué à en faire un coup de maître.

Mieux vaut, semble-t-il, s'engager d'abord sur une piste scabreuse, car l'« éditeur endiablé » nous y attend avec son sens aigu de la publicité. Grasset inaugure une méthode de lancement qui culminera, deux ans plus tard, avec Le Diable au corps. Le livre s'offre aux acheteurs, ceinturé de cette bande aguicheuse[1] : « Analyse audacieuse de la vie secrète de deux époux que sépare un malentendu physique. » Il n'en faut pas plus au censeur belge pour expliquer l'accueil triomphal fait au roman. Malheur à Mauriac, qui aurait délibérément cherché à arriver par le scandale : « Le temps sembla venu à M. Mauriac de forcer à tout prix le succès : il conçut le dessein de le capter en donnant des gages aux catholiques parmi lesquels on le classe communément et aux curiosités malsaines de la foule[2]. »

Si Le Baiser au lépreux retrace bien l'histoire d'une mésalliance que provoque ledit « malentendu physique », Mauriac ne s'interdit pas non plus d'entraîner son lecteur jusqu'au chevet du

---

1. Ainsi la qualifie François Bénédict, dans une étude intitulée : « Un auteur à scandale : M.F. Mauriac », publiée par La Revue catholique des idées et des faits (Bruxelles, 3 août 1923, p. 12).
2. Ibid.

couple Péloueyre. Et c'est bien ce que lui reprochent les critiques du temps. Les moins farouches le taxent d'imprudence : on ne livre pas de la sorte « le secret des chambres nuptiales[1] *». Les plus sévères l'accusent de satisfaire « les violeurs d'alcôves*[2] *». L'un des premiers découvreurs du roman, François Le Grix, un ami de Mauriac, cite l'autorité et la référence que tous les lecteurs d'aujourd'hui auraient au bord des lèvres : « Cette année, écrit-il en mars 1922, la mode est à la psychanalyse de Freud, et à sa théorie des refoulements de la sexualité*[3]*. »*

Mais Mauriac est-il homme à suivre une telle mode ? A-t-il lu, en septembre 1921, la moindre traduction de Freud ? On en discute encore[4]*... A Frédéric Lefèvre qui l'interviewe, deux ans plus tard, il avoue appartenir à une génération de romanciers qui « écrit sous le signe de Proust et de Freud ». Mais il corrige aussitôt : « Je me hâte d'ailleurs de dire que lorsque j'écrivis* Le Baiser au lépreux *et* Le Fleuve de feu *je n'avais pas lu une ligne de Freud*[5]*. » Qu'importe, si le freudisme est dans l'air ? D'ailleurs, comme Mauriac l'écrira plus tard, « les hommes de*

---

1. René Salomé, *Revue des jeunes*, avril 1922, p. 92.

2. La formule est de F. Bénédict, p. 13 de l'article cité.

3. Dans la *Revue hebdomadaire* du 11 mars 1922, « Un poète du réel, François Mauriac », pp. 204-214.

4. Voir la mise au point de Paul Croc, « Mauriac et Freud », in *François Mauriac*, L'Herne, pp. 219-231.

5. Interview partiellement reprise dans *Les paroles restent*, *op. cit.*, p. 68.

lettres n'ont pas attendu Freud pour prendre conscience de leurs refoulements[1] ».

Refoulements ? Trop grossier, trop brutal, le mot échouerait à traduire l'esprit du Baiser au lépreux. *Il travestirait même la vérité des personnages. Certes, au moment où Mauriac récuse l'expérience directe de Freud, il concède à F. Lefèvre que ses héros sont « des sexuels », quitte à s'excuser « d'employer ce vocable affreux[2] ». Mais il songe visiblement à ceux qui sortent de la dernière fournée romanesque : Gisèle de Plailly, Daniel Trasis, brûlant du même désir au bord du* Fleuve de feu. *Si* Le Baiser au lépreux *comporte son lot de « sexuels », il faut les chercher parmi les personnages extérieurs au drame central : le rival, ce docteur obsédé de conquêtes, chien dont le museau ne décolle pas de la croûte terrestre. Ou bien le repoussoir : le fils Pieuchon, qui sur son lit de mort pleure « les caresses des filles ». Noémi et Jean — malgré sa bouffée de révolte parisienne — sont trop chastes ou trop dociles pour n'être pas des sexuels de l'inconscience ou du renoncement, ce qui ne règle pas pour autant un problème auquel se heurtent tous les héros de ce petit monde romanesque. Mauriac aura d'ailleurs besoin de quelques livres pour découvrir au conflit sa juste définition. Ainsi condamne-t-il Maria Cross à tâtonner. Et il faut qu'elle soit*

----

1. *Mémoires intérieurs,* in O.A., p. 547.
2. *Les paroles restent, op. cit.,* p. 68.

« *choquée* » *pour qu'elle parvienne à circons-crire le signe de sa propre malédiction : ne pas sentir « d'intervalle entre le plaisir et le dégoût[1] ».* La formule n'apparaît affûtée qu'au couchant de l'œuvre. « *Le drame sexuel du désir qui se heurte au dégoût[2]* », voilà ce qui mine et ruine les fiancés malheureux de **Galigaï**. A l'aube de la carrière, il couvait déjà, dans une chambre d'Arcachon, saccageant l'épithalame de Noémi. Ce qu'en 1969 le dernier des vingt-deux romans dédramatisera commence au cœur d'une maison de famille un rien sordide, qui sentait « le poisson, le varech et le sel », sous le regard horrifié de deux anges gardiens.

Livré presque à chaud, le dessein du premier roman triomphal, était cependant clair : « *J'ai décrit tout simplement la lutte d'une jeune femme contre l'instinct qui la fait se révolter contre l'homme misérable et hideux qu'on l'a forcée d'épouser pour des questions d'intérêt[3].* »

---

1. *Le Désert de l'Amour*, Le Livre de Poche, 1970, p. 200.

2. Voir la postface de *Galigaï*, *Œuvres romanesques et théâtrales complètes*, éd. Jacques Petit, « Bibliothèque de la Pléiade », Gallimard, Paris, t. IV, 1985, p. 450.

3. *Les paroles restent, op. cit.*, p. 68. On peut donner un autre sens racinien, à ce « tout simplement ». Seul le couple Péloueyre l'intéresse. On noterait alors le très petit nombre de comparses et de personnages secondaires du roman. Le bourg, par exemple, se résume à trois figures, celles « de la marchande de journaux, du chef de gare et du facteur » (100), auxquelles aucun nom n'est donné. La comparaison avec l'épilogue est éloquente : la petite Filhot, Mme Larue, la mercière, le pharmacien d'Arquey... En dix ans Mauriac a appris à dévisager tous ceux qui traversent son récit.

14

Là tout est dit, et jusqu'aux nuances qui nous permettent maintenant de ne pas confondre Le Baiser au lépreux *avec* Thérèse Desqueyroux, qu'il préfigure. Même si l'on ne s'unit pas encore explicitement pour l'amour des pins, pour « deux mille hectares » de plus[1], le mariage est un problème de superficie économique et sociale. Aux yeux ébahis de hobereaux (?) désargentés comme les d'Artiailh, la proposition : « on ne refuse pas le fils Péloueyre », a valeur d'axiome. Le narrateur répond expressément à la question : que pèse le fils Péloueyre ? « Des métairies, des fermes, des troupeaux de moutons, des pièces d'argenterie, le linge de dix générations bien rangé dans des armoires larges, hautes et parfumées. » Sans compter l'alliance des notables landais...

Un autre intérêt est en jeu, paroissial, cantonal et politique. Pour tout comprendre le jeune lecteur d'aujourd'hui devra faire un double effort dans sa remontée d'un siècle. En ce temps-là le mariage arrangé est de tradition dans la bourgeoisie. Un placement autant qu'une garantie. Et, paradoxalement, les marieurs les plus intrépides sont des adeptes du célibat : ecclésiastiques, vieilles demoiselles, dames

---

1. *Thérèse Desqueyroux*, Le Livre de Poche, 1989, p. 31. Notons pourtant que les pins de Jean « forment le front de l'immense armée » landaise (123), mais leur nombre n'est évoqué qu'après le mariage. Ces « amis » de Jean sont d'ailleurs liés à des images chrétiennes (« pareils aux humbles », 122).

patronnesses bâillant un peu dans leur veuvage. L'entremetteur est, en la circonstance, un curé de campagne œuvrant et manœuvrant pour la bonne cause. Les Péloueyre sont riches et valétudinaires. Mal-pensants, les Cazenave ont plus d'avenir, du moins romanesque, puisque Genitrix les guette. Il importe qu'en cas de malheur le loup du radicalisme ne se glisse pas, comme dit à peu près Mauriac, dans la bergerie la plus cossue du canton. Dût-on courir à la catastrophe, mieux vaut improviser un mariage pour priver d'héritage la mauvaise branche de la famille. Le conseiller général Cazenave n'est-il pas l'ennemi juré du clergé ?

D'un sujet digne de Zola[1] — Thérèse Raquin, c'était aussi le récit d'un fiasco conjugal — Mauriac fait une histoire empreinte d'une sereine grandeur, et presque édifiante. Pourtant, dans son souci de ne pas falsifier la réalité, il n'épargne rien (sinon les expressions trop crues) des efforts de l'avorton lorsqu'il lutte « contre sa propre glace ». Surtout, Mauriac s'acharne sur un personnage dont la disgrâce défie la citation. Il épuise pour lui son riche bestiaire, ce qui lui apparaîtra plus tard comme une erreur, car « Jean Péloueyre, beaucoup moins laid, ne se serait pas fait aimer pour autant[2] ». C'est le drame de l'amour qui n'est pas partagé, corps

---

1. Voir l'article de Gaston Duthuron : « De Zola à Mauriac : *Le Baiser au lépreux* », dans le *François Mauriac* de L'Herne, pp. 174-177.

2. *Souvenirs retrouvés, op. cit.*, p. 92.

et âme, que le livre met en scène. D'où vient l'impression de sérénité qui s'en dégage ? Mauriac avait noué deux épithètes : « misérable et hideux », nous l'avons vu, au détriment de Jean Péloueyre. Plus le lépreux apparaît hideux, plus Mauriac le rend misérable, c'est-à-dire digne de la pitié du lecteur. Qui plaindrait de son infortune Bernard Desqueyroux, qui « n'était point si laid[1] », autant dire fort beau par le canal de la litote ?

Le même romancier qui s'avouera impuissant à définir le charme de Thérèse, ne tarit pas sur le physique de Noémi. Portrait touchant à vrai dire, où l'art du peintre et la référence à Raphaël interviennent : « tête brune et bouclée d'ange espagnol » et « corps dru ». Et nul lecteur n'oublierait cette « douce gorge lourde », à trois reprises au moins voilée ou dévoilée. L'imagerie est prise en flagrant délit de divorce : à la femme les fruits et les fleurs, alors que le mari est voué aux insectes comme le grillon ou le cloporte, aux bêtes petites et repoussantes comme le rat[2]. Mais ce divorce ne débouche pas sur le scandale de l'adultère ni même sur un état durable de rancœur. Sachons-en discerner les causes : la douceur de Noémi, l'exceptionnelle qualité de cette union. Quelle patience dans l'épreuve commune ! Un égal respect de l'autre poussé

---

1. *Thérèse Desqueyroux*, Le Livre de Poche, p. 27.
2. Pour une étude plus complète voir notre ouvrage : *La Planète Mauriac*, « Bibliothèque du XXe siècle », Klincksieck, Paris, 1985, p. 189.

jusqu'au scrupule : «Jean se croyait l'unique coupable; elle se haïssait de n'être pas une épouse selon Dieu.» Avec quelle exquise délicatesse ces humbles gèrent leur mésalliance! L'un est assez pudique pour cacher sa répugnance, l'autre assez subtil pour la deviner sans trop le laisser paraître. Jamais Mauriac ne montre autant de doigté dans l'art de débrider une plaie conjugale. Et de la guérir en profondeur. Les corps sont mal assortis, les âmes divinement accordées. Elles se rejoignent, en tout cas, dans l'exercice de la plus discrète charité, de la piété la plus sincère. Conquise de haute lutte, une telle communion eût dû désarmer les pieux censeurs, de même qu'un dénouement qui transfigure le lépreux pour ne pas dire qu'il le canonise. Voilà l'avorton soudain devenu admirable et sa mémoire digne de vénération. Mais là, nous passons d'un «docteur de ce temps[1]» à l'autre, quittant l'ombre du maître méconnu : Freud, pour celui qui, l'espace d'une tentation, fait de Jean sa proie : Frédéric Nietzsche. Du même coup Mauriac passe du mépris, celui qu'implique le silence, à la réfutation insistante. D'aucuns ajouteraient : trop insistante pour n'être pas suspecte.

Sans remonter aux journaux intimes qui révéleraient quelle influence le philosophe allemand a exercée sur le jeune Mauriac, on peut partir

---

1. L'expression revient couramment dans le *Bloc-notes* pour renvoyer à Nietzsche, Marx, Freud, Sartre...

18

de son premier roman. En présentant Jean-Paul comme un « enfant chargé de chaînes », Mauriac met deux libérateurs en concurrence : Nietzsche et le Christ, sans amener son héros à la clarté d'un choix. Seconde ambiguïté : les jeunes chrétiens du cercle auquel s'agrège provisoirement Jean-Paul vont au peuple non sans donner dans l'élitisme. Ne traitent-ils pas leur chef comme une « manière de surhomme » ? L'explication vient, surprenante : « Ces jeunes gens avaient subi l'influence du nietzschéisme grossier dont le monde d'aujourd'hui s'accommode[1]. » L'auteur du Baiser au lépreux entend-il se détacher de cette influence ? Est-il las de tout accommodement avec le nietzschéisme, même dégrossi et saisi dans sa version originale, comme en témoignent d'abondantes citations ?

L'analyse du récit permet d'affirmer que Mauriac a voulu mettre en scène une telle forme de tentation intellectuelle. Le premier mouvement du texte conduit le héros, par un jeu de figures symétriques, jusqu'à la chambre du fils Pieuchon, où l'attendent les Morceaux choisis de Nietzsche[2]. L'effet violent que produit sur Jean la lecture de deux extraits se traduit par un couple d'images complémentaires : un embrasement, suivi d'une tornade qui se déchaîne

---

1. L'Enfant chargé de chaînes, Œuvres romanesques et théâtrales complètes, op. cit., t. I, 1978, p. 39.
2. Nous avons tenté, dans La Planète Mauriac, op. cit., (pp. 155-156), l'analyse détaillée de cet exemple de « démarcation » narrative.

contre le chêne de sa foi. Mais Jean résiste au coup de foudre du nietzschéisme. Ou plutôt, il en tire d'abord des résolutions bénéfiques pour sa vie, acceptant le mariage avec Noémi comme une occasion de « rompre sa chaîne » d'esclave. De citation en citation, nous laisserons le lecteur suivre en paix dans le texte le dialogue de cet étrange disciple avec le philosophe. Épinglons toutefois au passage la formule de reniement sarcastique qui suit la déception : « On perd toujours la partie, ô cerveau ramolli de Nietzsche. » La cause en est clairement citée, un « mot de Pascal ». Jean a fait un retour décisif à l'apologiste du christianisme, Pascal. Apprécions la volonté de compromis dont témoigne le titre que retient Jean pour un projet d'« étude péremptoire » : Volonté de Puissance et Sainteté. Arrêtons-nous encore un instant (nous y reviendrons plus loin) au dénouement, qui répond symétriquement à la scène d'exposition : il reprend le double motif de l'arbre embrasé dans une comparaison de Jean avec le « chêne rabougri sous la bure de ses feuilles mortes mais toutes frémissantes d'un souffle de feu ». Ainsi se ferme un livre où Mauriac réglerait ses comptes avec le tentateur de sa jeunesse.

« Roman antinietzschéen[1] », Le Baiser au

---

1. La formule est de Bernard Cocula (« Le Baiser au lépreux, roman antinietzschéen », in Cahiers de Malagar, III, été 1989, pp. 17-35). Voir aussi, dans notre ouvrage : François Mauriac, une configuration romanesque, Archives des Lettres

lépreux *fait-il pourtant la part trop belle à Nietzsche ?* On le croirait à lire la réponse de François à Raymond Mauriac, qui, dans une lettre de commentaires après lecture, s'était fait l'écho des reproches de la critique catholique : « *La morale bien banale de cette histoire est celle-ci : 1) Nietzsche* a raison de dire *que le catholicisme est une religion de vaincus et d'esclaves. 2) Le catholicisme est une religion de vaincus et d'esclaves* parce qu'il est la vraie religion. *3) En effet nous sommes* tous *des vaincus et des esclaves s'il est vrai que la plus belle vie du monde est toujours une partie perdue*[1]. » Là, comme dans le roman, c'est Pascal qui réplique à Nietzsche et par la même formule. A Paris, après l'échec salutaire de sa rencontre avec une prostituée, Jean, conscient de « sa misère sans souillure », lui découvre un exutoire dans la prière d'union au Christ. L'oraison jaillit du texte : « Il n'est pas de Maîtres ; nous naissons tous esclaves et nous devenons vos affranchis, Seigneur. » Voilà le tournant, la pierre d'achoppement du livre, la solution du conflit intime. Refus de la vie, haine de soi, démission, lâcheté : il restera toujours des lecteurs, sourds aux vertus chrétiennes de renoncement, d'humilité, pour dénoncer ces « tares » en Jean Péloueyre. Et, plutôt qu'un martyre, sa

_____

modernes, Minard, Paris, 1985, les pages 37-38 : « L'idéologie démasquée et dépassée. »
   1. *Lettres d'une vie, op. cit.*, p. 118.

recherche de la contagion auprès du fils Pieuchon, ici ou là, est assimilée à une forme de
suicide déguisé[1]. Sans se leurrer sur l'irréalité
de ce martyre, Mauriac confirme, trente ans
plus tard, le caractère « sublime » de son lépreux
et l'exemplarité de sa leçon : « Jean Péloueyre,
c'est une sorte de réponse, au fond, un peu
naïve, à Nietzsche, c'est le "exaltavit humiles"
du Magnificat[2]. » La perspective ou, si l'on
voulait jouer sur les mots, la ligne de fuite du
livre obéit inconstestablement à l'idéal chrétien.
Il n'empêche que Mauriac y donne à la pensée
de Nietzsche un écho, un relief singuliers, donc
une prise à une lecture sceptique.

En 1931, Mauriac esquisse un mouvement de
retour sur sa création dont profitera surtout
Thérèse. Mais c'est pour Noémi qu'il l'inaugure.
Entre autres causes on pourrait avancer la
volonté d'exploiter à fond ses grands succès de
librairie ou même incriminer une réaction à un
premier fléchissement de l'inspiration... Mais le
Dernier chapitre du "Baiser au lépreux"[3], que
la présente édition remet pour la première fois
à sa véritable place, permet surtout au romancier de retoucher le portrait de la veuve

1. Voir Pierre Lachasse, « Pour une connaissance du
"monstre" dans Le Baiser au lépreux », in François Mauriac,
4, « Mauriac romancier », Lettres modernes, Minard, Paris,
1984, p. 72. A la parution du livre, de nombreux critiques,
dont P. Souday, avaient déjà conclu au suicide.
2. Souvenirs retrouvés, p. 149.
3. Cet « épilogue » a été publié dans Les Annales (15 janvier
1932).

Péloueyre. Jean vivant, on savait la jeune femme en lutte contre l'instinct de révolte. Mais la mésalliance et la frustration étaient écrites dans son destin[1]. On l'avait quittée en train d'embrasser dévotement le chêne de la transfiguration. L'heure est venue où l'instinct se soulève brutalement contre le destin. Depuis 1922 le romancier qui redécouvre Noémi a engendré une foule d'insoumis et d'insoumises. Mais la femme dont la nouvelle Noémi se rapproche le plus, lourde, solide et dévouée comme elle, c'est l'héroïne de Destins. Certes, Élisabeth Gornac ne se révoltait pas contre son beau-père mais Bob la frôlait de sa grâce et c'était assez pour que se réveillât en elle un cœur jeune, sensible. Enrichi de ces expériences romanesques, l'auteur de l'épilogue éprouve le besoin d'humaniser la veuve exemplaire. Du foyer de son malade à son patronage, toujours elle vaque à son devoir. Mauriac lui remet en mémoire le médecin qu'elle a désespéré, il lui fait miroiter la fortune qu'à la mort de son vieil enfant gâté elle pourra gaspiller en voyages, en plaisirs. Enfin l'occasion se présente à elle aussi de « rompre sa chaîne »... Comme pour saluer la

---

1. Dans l'histoire de Noémi et de Jean, le mot revient fréquemment sans qu'on sache toujours s'il renvoie à la Providence ou au *fatum* antique. Voir, p. 40 : « ce tournant de son destin », p. 49 : « cette seconde où se noua son destin ». Voilà pour Jean et voici maintenant pour Noémi : « La vierge mesure de l'œil cette larve qui est son destin » (p. 53). Quand le docteur entre dans son champ visuel on lit : « Alors le destin lui fournit un visage » (p. 94).

chance d'une mutinerie domestique, voici qu'éclatent une bouffée de haine cynique, un accès de colère mortelle. Ils durent le temps de cet épilogue... La tentation finie, Noémi, d'un geste maternel, rentre dans la voie du renoncement.

La réunion des deux textes permet de mesurer la différence entre ce qu'on pourrait appeler le printemps et l'été de Mauriac, pour reprendre à Barrès deux traits de sa métaphore. Et d'expliquer pourquoi l'on peut à l'été préférer le printemps... Sans doute l'épilogue ne trahit-il l'esprit ni du roman ni même des personnages. Si bref que soit l'échantillon de 1932, on pourrait même soutenir que la technique du romancier s'est diversifiée. En donnant la priorité aux dialogues, à une certaine forme de discours solitaire, Mauriac a gagné en efficacité romanesque. Mais ce dont on regrette la disparition aide à comprendre le miraculeux succès de 1922. Quand la critique se penche sur ce mystère, une double attitude semble de mise : on se réfugie derrière les propres commentaires de Mauriac et l'on traduit en métaphores l'impression de force accomplie que laisse le chef-d'œuvre : galet, coulée brûlante, jet de flamme[1].

Nous reviendrons dans nos commentaires sur certaines innovations, dont la préface, écrite en 1950 pour les Œuvres complètes, créditait Le

---

1. Bernard Cocula rassemble, dans l'étude citée plus haut, une partie de ce florilège. Du Bos, Nelly Cormeau y reconnaîtraient leur bien, pour ne pas citer la métaphore musicale d'André Frossard.

Baiser au lépreux. *Mauriac y aurait enfin trouvé non seulement ses personnages, tous observés d'après nature, transplantés avec leur motte de terre, solidaires de leur ciel, de leur climat, mais surtout il aurait inventé le ton « amer et dur[1] » qui lui est propre. En partant du titre, il serait aisé, en effet, nous le prouverons, de reconstituer une rhétorique de la violence. Elle s'exerce même dans ces apostrophes, dans ces admonestations à la deuxième personne, où le romancier fouaille ou toise sa pitoyable créature[2]. En outre, Mauriac a découvert d'un seul coup son rythme et sa distance. Les « cent vingt pages » annoncées à Barrès, c'est la petite forme qui lui convient : longue nouvelle ou court roman. Trente ans plus tard, elle aboutira une seconde fois au chef-d'œuvre :* Le Sagouin, *qu'il n'est pas interdit, pour toute sorte de raisons, de rapprocher du* Baiser au lépreux. *Le même resserrement s'observe à l'échelon syntaxique. La phrase trouve son rythme dans un halète-ment un peu pathétique. Il provient des coups de cravache ou des coups de frein du pilote. Les mots clés ou les motifs de la thématique se détachent naturellement sous l'accent. Les images expressives, qui éclatent à la place idéale, tranchent sur ce bâti un peu léger,*

---

1. *Op. cit.*, t. I, p. 11. Nous transposons au singulier...

2. Dont celle qui lui signifie son destin de réprouvé : « Fortune, gloire, amour, tous les fruits défendus à ta bouche, Jean Péloueyre ! » Voir, sur la question, Approches de l'œuvre, pp. 161-162.

exaltent et relancent ce souffle un peu court...
« Comme un arbre qui tend son fruit... », la
comparaison, où le fruit prend valeur collective
et qui épanouit en pure perte la nubile Noémi,
on aimerait l'appliquer au roman qui couronne
le printemps mauriacien. Les contemporains
l'ont salué surtout comme une promesse, et qui
fut fidèlement tenue. Pourtant, la sève dont il
regorge n'aura plus jamais cette verdeur un peu
âpre. Est-il interdit de le proposer à de nouveaux lecteurs comme une œuvre déjà pleine,
dense, miraculeusement aboutie ?

Jean TOUZOT.

Le Baiser au lépreux

I

Jean Péloueyre, étendu sur son lit, ouvrit les yeux. Les cigales autour de la maison crépitaient. Comme un liquide métal la lumière coulait à travers les persiennes. Jean Péloueyre, la bouche amère, se leva. Il était si petit que la basse glace du trumeau refléta sa pauvre mine, ses joues creuses, un nez long, au bout pointu, rouge et comme usé, pareil à ces sucres d'orge qu'amincissent, en les suçant, de patients garçons. Les cheveux ras s'avançaient en angle aigu sur son front déjà ridé : une grimace découvrit ses gencives, des dents mauvaises. Bien que jamais il ne se fût tant haï, il s'adressa à lui-même de pitoyables paroles : « Sors, promène-toi, pauvre Jean Péloueyre ! » et il caressait de la main une mâchoire mal rasée. Mais comment sortir sans éveiller son père ? Entre une heure et quatre heures, M. Jérôme

Péloueyre exigeait un silence solennel : ce temps sacré de son repos l'aidait à ne pas mourir de nocturnes insomnies. Sa sieste engourdissait la maison : pas une porte ne devait se fermer ni s'ouvrir, pas une parole ni un éternuement troubler le prodigieux silence à quoi, après dix ans de supplications et de plaintes, il avait dressé Jean, les domestiques, les passants eux-mêmes accoutumés sous ses fenêtres à baisser la voix. Les carrioles évitaient par un détour de rouler devant sa porte. En dépit de cette complicité autour de son sommeil, à peine éveillé, M. Jérôme en accusait un choc d'assiettes, un aboi, une toux. Était-il persuadé qu'un absolu silence lui eût assuré un repos sans fin relié à la mort comme à l'Océan un fleuve ? Toujours mal réveillé et grelottant même durant la canicule, il s'asseyait avec un livre près du feu de la cuisine ; son crâne chauve reflétait la flamme ; Cadette vaquait à ses sauces sans prêter au maître plus d'attention qu'aux jambons des solives. Lui, au contraire, observait la vieille paysanne, admirant que, née sous Louis-Philippe, des révolutions, des guerres, de tant d'histoire, elle n'eût rien connu, hors le cochon qu'elle nourrissait et dont la mort, à chaque Noël, humectait de chiches larmes ses yeux chassieux.

En dépit de la sieste paternelle, la fournaise extérieure attira Jean Péloueyre ; d'abord elle l'assurait d'une solitude : au long de la mince ligne d'ombre des maisons, il glisserait sans qu'aucun rire fusât des seuils où les filles cousent. Sa fuite misérable suscitait la moquerie des femmes ; mais elles dorment encore environ la deuxième heure après midi, suantes et geignantes à cause des mouches. Il ouvrit, sans qu'elle grinçât, la porte huilée, traversa le vestibule où les placards déversent leur odeur de confitures et de moisissure, la cuisine ses relents de graisse. Ses espadrilles, on eût dit qu'elles ajoutaient au silence. Il décrocha sous une tête de sanglier son calibre 24[2] connu de toutes les pies du canton : Jean Péloueyre était un ennemi juré des pies. Plusieurs générations avaient laissé des cannes dans le porte-cannes : la canne-fusil du grand-oncle Ousilanne[3], la canne à pêche et la canne à épée du grand-père Lapeignine et celles dont les bouts ferrés rappelaient des villégiatures à Bagnères-de-Bigorre. Un héron empaillé ornait une crédence.

Jean sortit. Comme l'eau d'une piscine, la chaleur s'ouvrit et se referma sur lui. Il fut au moment d'aller à l'endroit où le ruisseau, près de traverser le village, concentre sous un bois d'aulnes son haleine glacée, l'odeur des sources. Mais des moustiques, la veille, l'y avaient harcelé ; puis son désir était d'adresser une parole à quelque être vivant. Alors il se dirigea vers le logis du docteur Pieuchon, de qui le fils Robert, étudiant en médecine, était revenu ce matin même pour les vacances.

Rien ne vivait, rien ne semblait vivre ; mais à travers les volets mi-clos, parfois le soleil allumait des besicles relevées sur un front de vieille. Jean Péloueyre marcha entre deux murs aveugles de jardins. Ce passage lui était cher parce qu'aucun œil ne s'y embusquait et qu'il s'y pouvait livrer à ses méditations. Méditer, chez lui, n'allait pas sans contractions du front, gestes, rires, vers déclamés — toute une pantomime dont le bourg se gaussait. Ici, les arbres indulgents se refermaient sur ses solitaires colloques. Ah ! pourtant qu'il eût préféré l'enchevêtrement des rues d'une grande ville où, sans que se retournent les passants, on peut se parler à soi-même ! Du moins, Daniel Trasis, dans ses lettres, l'assurait à Jean Péloueyre. Ce camarade, contre le gré de sa famille, s'était, à Paris, « lancé dans la littérature ». Jean l'imaginait, le corps ramassé, puis bondissant dans la cohue parisienne, s'y enfonçant comme un plongeur ; sans doute y nageait-il maintenant, haletait-il vers des buts précis : fortune, gloire, amour, tous les fruits défendus à ta bouche, Jean Péloueyre !

A pas feutrés, il entra chez le docteur. La servante lui dit que ces messieurs avaient déjeuné en ville ; Jean résolut d'attendre le fils Pieuchon de qui la chambre ouvrait sur le vestibule. Cette chambre lui ressemblait au point que l'ayant vue, on ne souhaitait plus d'en connaître l'hôte : au mur, râtelier de pipes, affiches du bal des étudiants ; sur la table, une tête de mort insultée par un brûle-gueule ; des livres achetés pour les loisirs des vacances : *Aphrodite, L'Orgie latine, Le Jardin des supplices, Le Journal d'une femme de chambre*[4]. Les *Morceaux choisis* de Nietzsche attirèrent Jean : il les feuilleta. Une odeur de vêtements dont un étudiant s'est servi l'été venait de la malle ouverte. Alors Jean Péloueyre lut ceci : « Qu'est-ce qui est bon ? — Tout ce qui exalte en l'homme le sentiment de puissance, la volonté de puissance, la puissance elle-même. Qu'est-ce qui est mauvais ? — Tout ce qui a sa racine dans la faiblesse. Périssent les faibles et les ratés : et qu'on les aide encore à disparaître ! Qu'est-ce qui est plus nuisible que n'importe quel vice ? — La pitié qu'éprouve l'action pour les déclassés et les faibles : le christianisme[5]. »

Jean Péloueyre posa le livre ; ces paroles entraient en lui comme dans une chambre dont on pousse les volets, l'embrasement d'un après-midi. D'instinct, il alla en effet à la fenêtre, livra la chambre de son camarade au feu du ciel, puis relut la phrase atroce. Il ferma les yeux, les rouvrit, contempla son visage dans la glace : ah ! pauvre figure de landais chafouin, de « landousquet » comme au collège on le désignait, triste corps en qui l'adolescence n'avait su accomplir son habituel miracle, minable gibier pour le puits sacré de Sparte[6] !

Il se revit à cinq ans chez les sœurs : en dépit de la haute position des Péloueyre, les premières places, les bons points allaient aux enfants bouclés et beaux. Il se rappela cette composition de lecture où, ayant lu mieux qu'aucun autre, il avait été tout de même classé dernier. Jean Péloueyre parfois se demandait si sa mère, morte phtisique et qu'il n'avait pas connue, l'eût aimé. Son père le chérissait comme un souffrant reflet de lui-même, comme son ombre chétive dans ce monde qu'il traversait en pantoufles ou étendu au fond d'une alcôve parfumée de valériane et d'éther. La sœur aînée de M. Jérôme, la tante de Jean, sans doute eût-elle exécré ce garçon, — mais le culte qu'elle vouait à son fils Fernand Cazenave, homme considérable, président du Conseil général, et chez qui elle vivait à B...[7] cette adoration l'absorbait au point que les autres s'effaçaient ; elle ne les voyait pas ; il arrivait pourtant que d'un sourire, d'un mot, elle tirât Jean Péloueyre du néant, parce que dans ses calculs, ce fils d'un père égrotant, ce pauvre être voué au célibat et à une mort prématurée, canaliserait au profit de Fernand Cazenave la fortune des Péloueyre. Jean mesura d'un seul regard le désert de sa vie. Ses trois années de collège, il les avait consumées en amitiés jalousement cachées : ni ce camarade Daniel Trasis, ni cet abbé maître de rhétorique[8], ne comprirent ses regards de chien perdu.

Jean Péloueyre ouvrit le livre de Nietzsche à une autre page ; il dévora l'aphorisme 260 de *Par-delà le bien et le mal*, qui a trait aux deux morales : celle des maîtres et celle des esclaves[9]. Il regardait sa face que le soleil brûlait sans qu'elle en parût moins jaune, répétait les mots de Nietzsche, se pénétrait de leur sens, les entendait gronder en lui, comme un grand vent d'octobre. Un instant, il crut voir à ses pieds, pareille à un chêne déraciné, sa foi. Sa foi n'était-elle pas là, gisante, dans ce torride jour ? Non, non : l'arbre l'étreignait encore de ses mille racines ; après cette rafale, Jean Péloueyre en retrouvait dans son cœur l'ombre aimée, le mystère sous ses frondaisons drues et de nouveau immobiles. Mais il découvrait soudain que la religion lui fut surtout un refuge. Au laideron orphelin, elle avait ouvert une nuit consolatrice. Quelqu'un sur l'autel tenait la place des amis qu'il n'avait pas eus, et la Vierge héritait de cette dévotion qu'il eût vouée à sa mère selon la chair. Toutes les confidences qui l'étouffaient, se déversaient au confessionnal ou dans ses muettes prières du crépuscule — quand le vaisseau ténébreux de l'église recueille ce qui reste de fraîcheur au monde. Alors le vase de son cœur se rompait à des pieds invisibles. S'il avait possédé les boucles de Daniel Trasis, ce visage que depuis son enfance les femmes jamais ne s'étaient interrompues de caresser, Jean Péloueyre se fût-il mêlé au troupeau des vieilles filles et des servantes ? Il était de ces esclaves que Nietzsche dénonce ; il en discernait en lui la mine basse ; il portait sur sa face une condamnation inéluctable ; tout son être était construit pour la défaite ; — comme son père, d'ailleurs, comme son père, dévot lui aussi mais mieux que Jean instruit dans la théologie, et naguère encore lecteur patient de saint Augustin et de saint Thomas d'Aquin. Jean, peu soucieux de doctrine, et professant une religion d'effusions, admirait que celle de M. Jérôme fût d'abord raisonnable. Tout de même il se rappelait cette parole que son père aimait à répéter : « Sans la foi, que serais-je devenu ? » Cette foi n'allait pas d'ailleurs jusqu'à braver un rhume pour entendre la messe. Aux grandes fêtes, on installait M. Jérôme dans la sacristie surchauffée d'où il suivait, emmitouflé, la cérémonie.

Jean Péloueyre sortit. De nouveau, entre les murs aveugles et sous la muette indulgence des arbres, il marchait, gesticulait ; parfois il feignait de se croire allégé de sa croyance : ce liège qui l'avait soutenu sur la vie lui manquait d'un coup. Plus rien ! Il savourait ce dénuement ; des réminiscences scolaires se pressaient sur ses lèvres : « ... Mon malheur passe mon espérance... Oui, je te loue, ô ciel, de ta persévérance[10]... » Un peu plus loin, il démontrait aux arbres, aux tas de cailloux, aux murs qu'il existe parmi les chrétiens des Maîtres et que les Saints, les grands Ordres, toute l'Église universelle offre un sublime exemple de volonté de puissance.

Agité de tant de pensées, il ne reprit conscience qu'au bruit de ses pas dans le vestibule — bruit qui, au premier étage, déclencha un gémissement ; une voix pleurarde et ensommeillée appela Cadette ; alors les savates de la servante traînèrent dans la cuisine ; le chien aboya ; des volets furent rabattus : le réveil de M. Jérôme désengourdissait la maison.

C'était l'heure de ses yeux gonflés, de sa bouche amère où sa conception du monde atteignait au plus sombre. Jean Péloueyre se réfugia donc au « salon de compagnie » aussi frais qu'une cave. Des papiers moisis découvraient le salpêtre des murs. Une pendule n'y fragmentait le temps pour aucune oreille humaine. Il s'enfonça dans un fauteuil capitonné, regarda en lui la place où sa foi souffrait et se pénétrait d'angoisse. Une mouche bourdonnait, se posait. Alors un coq chantait — puis un bref trille d'oiseau — puis un coq encore... la pendule sonna une demie — un coq..., des coqs... Il s'endormit jusqu'à l'heure si douce où il avait coutume, par des ruelles détournées, d'atteindre la plus petite porte de l'église et de se couler dans la ténèbre odorante. N'irait-il donc plus à ce rendez-vous —

le seul qui ait jamais été assigné au cloporte Jean Péloueyre ? Il n'y alla pas, mais gagna le jardin où le soleil déclinant lui fit dire : « La chaleur va tomber. » Des papillons blancs palpitaient. Le petit-fils de Cadette arrosait les laitues — un beau drôle aux pieds nus dans ses sabots, le bien-aimé des filles et que fuyait Jean Péloueyre honteux d'être le maître : n'aurait-ce pas été à lui, chétif, de servir ce triomphant et juvénile dieu potager ? Même de loin, il n'osait lui sourire ; avec les paysans, sa timidité atteignait à la paralysie. Maintes fois il avait essayé d'aider le curé au patronage, au cercle d'études, et toujours perclus de honte, stupide, objet de risée, était rentré dans sa nuit.

Cependant M. Jérôme suivait l'allée bordée de poiriers en quenouille, d'héliotropes, de résédas, de géraniums, dont on ne sentait pas les odeurs parce que l'immense bouquet rond d'un tilleul emplissait de son haleine la terre et le ciel. M. Jérôme traînait les pieds. Le bas de son pantalon demeurait pris entre sa cheville et sa pantoufle. Son chapeau de paille déformé était bordé de moire. Il avait sur les épaules une vieille pèlerine de tricot oubliée par sa sœur. Jean reconnut, entre les mains paternelles, un Montaigne. Sans doute *Les Essais*, comme sa religion, le fournissaient de subterfuges pour parer du nom de sagesse son renoncement à toute conquête ? Oui, oui, se répétait Jean Péloueyre, ce pauvre homme appelait tantôt stoïcisme, tantôt résignation chrétienne, l'immense défaite de sa vie. Ah ! que Jean se sentait donc lucide ! Aimant et plaignant son père, comme à cette heure, il le méprisait ! Le malade se lamenta : des élancements dans la nuque, des étouffements, l'envie de rendre... Un métayer avait forcé sa porte, Duberné d'Hourtinat[11] qui exigeait une nouvelle chambre pour loger l'armoire de sa fille mariée ! Où pourrait-il souffrir tranquille ? Où pourrait-il mourir en paix ? Pour comble, le lendemain était un jeudi, jour de marché sur la place, et aussi jour d'invasion : sa sœur Félicité Cazenave, son neveu régneraient céans ; dès cette aube néfaste, les bestiaux sur le foirail réveilleraient le malade ; l'auto des Cazenave, grondant devant la porte, annoncerait la présence de l'hebdomadaire fléau. Tante Félicité forcerait l'entrée de la cuisine, bouleverserait le régime de son frère au nom du régime de son fils. Au soir, le couple laisserait derrière lui Cadette en larmes et son maître suffoquant.

Rampant et faible devant l'ennemi, M. Jérôme dans le secret nourrissait sa rancœur. Si souvent il grommelait qu'il réservait aux Cazenave « un chien de sa chienne », que Jean Péloueyre, ce jour-là, ne prêta nulle attention à ce que lui glissait son père : « Nous allons leur jouer un tour, Jean, pour peu que tu veuilles t'y prêter... Mais le voudras-tu ? » Jean, à mille lieues des Cazenave, sourit. Cependant son père l'observait et lui disait : « Tu devrais être plus coquet à ton âge ; comme tu es mal "dringué[12]", mon pauvre drôle ! » Bien que M. Jérôme ne lui eût jamais montré qu'il se souciât de sa tenue, Jean Péloueyre ne posa aucune question ; il ne pressentit rien de ce qui se préparait à ce tournant de son destin ; il avait pris le Montaigne des mains paternelles et lisait cette phrase : « Pour moi, je loue une vie glissante, sombre et muette[13]... » Ah ! oui, leur vie était à souhait glissante, sombre et muette ! Les Péloueyre regardaient un souffle rider l'eau de la citerne, agitée de têtards autour d'une taupe morte. M. Jérôme crut sentir le serein, se dirigea vers la maison. Désœuvré, Jean, au fond du jardin, glissa la tête dans l'entrebâillement d'une poterne ouverte sur la ruelle. A sa vue, le petit-fils de Cadette, qui tenait pressée contre lui, une fille, la lâcha, comme on laisse tomber un fruit.

II

Jean Péloueyre ne dormit guère cette nuit-là. Ses fenêtres étaient ouvertes sur la laiteuse nuit — la nuit plus bruyante que le jour à cause des coassantes mares. Mais les coqs surtout ne cessent de chanter jusqu'à l'aube, fatigués d'avoir salué l'obscure et trompeuse clarté des étoiles[14]. Ceux du bourg avertissent ceux des métairies qui, de proche en proche, répondent. « C'est un cri répété par mille sentinelles[15]... » Jean veillait, se berçant de ce vers indéfiniment marmonné. Les fenêtres découpaient à l'emporte-pièce un azur dévoré d'astres. Jean se levait pieds nus, regardait les mondes et les appelait par leurs noms, agitant sans se lasser le problème posé la veille : avait-il adhéré à une métaphysique ou à un système de consolations ingénieuses ? Sans doute des croyants

parmi les Maîtres régnaient. Mais Chateau-
briand hésita-t-il jamais à jouer son éternité
contre une caresse ? Barbey d'Aurevilly, que
de fois trahit-il le Fils de l'Homme pour un
baiser ? Ne triomphèrent-ils pas dans la mesure
où ils trahirent leur Dieu ?

Dès l'aube, les déchirantes plaintes des porcelets éveillèrent Jean. Comme chaque jeudi,
il évita de pousser les volets, afin que le marché
ne le vît pas. Sur le trottoir, tout contre la
fenêtre, Mme Bourideys, la mercière, arrêta
Noémi d'Artiailh pour lui demander si elle
avait déjeuné. Goulûment Jean Péloueyre
regardait cette Noémi qui avait dix-sept ans. Sa
tête brune et bouclée d'ange espagnol n'était
point faite pour un corps si ramassé ; mais
Jean adorait le contraste d'un jeune corps dru,
mal équarri et d'un séraphique visage qui
faisait dire aux dames que Noémi d'Artiailh
était jolie comme un tableau. Vierge de Raphaël
qui eût été ragote, elle émouvait chez Jean le
meilleur et le pire, l'incitait aux hautes pensées
comme aux basses délectations. Déjà son cou,
sa douce gorge luisaient de moiteur. Des cils
indéfinis ajoutaient à la chasteté des longues
paupières sombres : visage encore baigné de
vague enfance, virginité des lèvres puériles —
et soudain ces fortes mains de garçon, ces
mollets qu'au ras du talon, comprimés de
lacets, il fallait bien appeler chevilles ! Jean
Péloueyre regardait sournoisement cet ange ;
le petit-fils de Cadette, lui, la pouvait regarder

en face : les beaux garçons, même du peuple, ont le droit de regard sur toutes les filles. C'est à peine, à la grand-messe, quand elle avait traversé la nef et frôlé la chaise de Jean Péloueyre, s'il osait renifler l'air remué par sa robe de percale, son odeur de savonnette et de linge propre. Jean Péloueyre soupira, mit sa chemise de la veille qui était aussi de l'avant-veille. Son corps ne méritait aucun soin ; il usait d'un pot à eau recroquevillé dans une minuscule cuvette pour que, sans le briser, se pût rabattre le couvercle de la commode. Sous le tilleul du jardin, il ne récita pas sa prière mais lut le journal de façon que le papier cachât sa figure au petit-fils de Cadette. Il sifflotait, ce misérable ! Un œillet rouge à l'oreille, il était brillant et vernissé comme un jeune coq. Une ceinture serrait à la taille son pantalon indigo. Jean Péloueyre le haïssait bassement et se faisait horreur de le haïr. La pensée ne le consolait pas que ce garçon deviendrait un paysan hideux, puis qu'un autre garçon aussi fort, aussi bien découplé alors arroserait les laitues — de même que palpiteraient d'autres papillons blancs pareils à ceux de cette matinée. « O mon âme, se dit Jean Péloueyre, mon âme, dans ce matin d'été plus laide encore que mon visage ! »

Il reconnut dans la maison la voix de flûte du curé. Que venait-il manigancer à cette heure qui n'était pas celle de sa visite quotidienne ? Ce jour-là surtout, comment osait-il

risquer une rencontre avec Fernand Cazenave
que la vue d'un ecclésiastique rendait furieux ?
Dissimulé derrière le tilleul, Jean Péloueyre vit
passer Fernand au pas de course, ainsi qu'il
faisait toujours cinq minutes avant ses repas.
Sa mère le suivait, soufflante. Son grand corps
tout en jambes, son buste sphérique, sa tête de
vieille Junon attachée à ses seins — toute cette
forte machine détraquée, usée, obéissait aux
injonctions du fils bien-aimé, comme s'il eût,
en pressant un bouton, mis en branle un
mécanisme. Il voulut bien s'arrêter pour l'attendre, essuya avec son mouchoir un front
ruisselant et le cuir intérieur de son canotier.
Divinité renfrognée, il suait sous l'alpaga. Derrière le binocle, ses métalliques yeux ne reflé-
taient rien du monde. Sa mère lui frayait la
route, brisant les êtres comme des branches.
On racontait qu'elle avait dit un jour : « Si
Fernand se marie, ma bru mourra. » Nulle bru
ne s'y était risquée encore et quelle jeune fille
eût consenti à étriller, à nourrir cet homme en
place, accoutumé, la cinquantaine franchie,
aux soins du premier âge ? L'angelus se défit
dans la chaleur. Jean Péloueyre entendit Cazenave gronder : « Salopes de cloches. »

Il ne se glissa à table que lorsque déjà y
trônaient sa tante et Fernand cravatés de ser-
viettes. M. Jérôme en retard s'assit, le dos rond
et peureux, mais l'œil vif et il osa avouer que

le curé l'avait retenu. La tête dans les épaules, les Péloueyre attendirent l'orage qui n'éclata qu'au gigot. Servi le premier, Fernand Cazenave, sa fourchette en l'air, interrogeait le visage maternel. Félicité flaira le morceau, le retourna, puis laissa tomber cette sentence : « Trop cuit ! » Alors le couple repoussa de concert ses assiettes. Cadette comparut avec des yeux de volaille pourchassée, défendit son gigot en un patois gémissant, — inutile vacarme puisque le conseiller finit tout de même par assouvir sur la viande trop cuite sa fringale. Repu, il s'excusa de n'être pas allé d'abord saluer son oncle Péloueyre ; mais il avait vu dans le vestibule un chapeau ecclésiastique : les Péloueyre savaient qu'un prêtre lui faisait physiquement horreur. Sans lever les yeux, de sa voix monotone, M. Jérôme prononça : « C'était pour me parler de toi, Jean, qu'est venu M. le curé. Crois-tu qu'il veut te marier ? » Fernand ricana et dit que ce n'était pas sérieux. « Pourquoi ? Jean va sur ses vingt-trois ans. » Alors Fernand Cazenave éclata : de quoi se mêlait cet ensoutané ? de quel droit mettait-il le nez dans les affaires de la famille ? Perdant toute mesure, il osa demander à mi-voix si Jean était seulement « mariable ». D'un clin d'œil, sa mère rappela à l'ordre le malotru. « Ce serait très heureux que Jean se mariât, disait-elle : il manquait à cette maison une ménagère. Ah ! sans doute les jeunes femmes ont d'étranges humeurs et le régime de Jérôme subirait quelque bouleversement. » Fernand, calmé, l'approuva : Jean, certes, pouvait fonder une famille. Mais ne ferait-il pas son malheur ? Le cher enfant avait déjà des habitudes, des manies, comme un vieux garçon. Tante Félicité insinua que son frère aurait raison, le cas échéant, de ne pas habiter avec le jeune ménage. Évidemment, le coup lui serait dur. Et elle rappela les faux départs de Jean Péloueyre pour le collège, lorsque la place retenue, le trousseau préparé, la voiture devant la porte, son père, à la dernière seconde, le retenait.

Inquiet, mais ne voulant point douter que toute cette histoire de mariage fût une invention sournoise de M. Jérôme, Jean, isolé en esprit, se souvint, en effet, de ces soirs du 2 octobre, lorsque attendait sous la pluie l'antique landau qui devait le conduire à travers le Bazadais, jusqu'à la pieuse maison où les enfants de la Lande rêvent de chasse sur leurs lexiques. Des lambeaux d'un papier à fleurs étaient collés encore à sa malle qui avait été celle d'un grand-oncle. M. Jérôme sanglotait, feignait une attaque, tant il était lâche devant la minute d'angoisse d'une séparation ! Sans doute, dès cette époque, le pauvre homme exigeait-il du silence, mais un silence un peu troublé par cette petite vie souffrante de Jean à ses côtés. Ainsi Jean Péloueyre avait travaillé avec le curé jusqu'à quinze ans et ne fut au collège que pour le baccalauréat. Quelle était cette soudaine fantaisie de le marier ? Jean se souvint des paroles étranges de son père, la veille, dans le jardin... mais de quoi se troublait-il ? Il se répétait qu'un Jean Péloueyre n'est pas « mariable ». Les Cazenave étaient fous de prendre au tragique cette farce. Ils insistaient maintenant pour connaître le nom de la jeune fille élue ; l'heure de la sieste permit à M. Jérôme d'éluder toute question. Le couple, en dépit de la chaleur, erra au jardin et, angoissé, Jean, du corridor, épiait leurs colloques.

Au bruit du démarrage qui signalait leur départ, le malade s'éveilla, et dès que Jean eut reconnu le traînement des pantoufles paternelles, il entra dans l'odeur de remèdes qui saturait la chambre. En cette méphitique officine, il lui fut révélé que l'on songeait sans rire à lui donner une femme, une femme qui était Noémi d'Artiailh. La psyché reflète le corps de Jean, plus sec que les brandes des landes incendiées. Il balbutie : « Elle ne voudra pas de moi », — et frémit d'entendre ces paroles inouïes : « Elle a été pressentie et ne montre aucune répugnance. » Les d'Artiailh font un beau rêve, ne peuvent croire à leur bonheur. Mais Jean secoue la tête et semble, de ses mains tendues, se défendre contre le mirage. Une jeune fille dans ses bras, consentante ? Noémi de la grand-messe, Noémi dont jamais il ne put regarder en face les yeux pareils à des fleurs noires ? L'air agité par son corps mystérieux quand elle traversait la nef,

Jean Péloueyre l'accueillait sur sa chair comme le seul baiser qu'il ait jamais connu. Cependant son père lui découvre ses vues qui sont celles du curé : il importe que les Péloueyre fassent souche et que rien d'eux ne risque de passer à tante Félicité ni à Fernand Cazenave. M. Jérôme ajoute : « Tu sais, ce que le curé veut, il le veut bien. » Jean sourit, grimace ; le coin de sa lèvre frémit et il dit : « Je lui ferai horreur. » Le père ne songe pas à protester ; comme il ne fut jamais aimé, il n'imagine pas que son fils puisse connaître ce bonheur. Mais complaisamment il rappelle les vertus de Noémi que M. le curé a choisie entre toutes et qui édifie la paroisse. Elle appartient à cette race qui ne cherche dans le mariage aucune joie charnelle ; femme de devoir, soumise à Dieu et à son époux, ce sera une de ces mères comme on en rencontre encore et de qui rien, en dépit de multiples grossesses, n'entame la candide ignorance. M. Jérôme toussote, s'attendrit un peu : « Te sachant bien marié et à l'abri des Cazenave, je mourrais en paix... » Le curé voulait brûler les étapes : Jean pourrait dès le lendemain voir Noémi ; elle l'attendrait après le déjeuner, au presbytère où Mme d'Artiailh trouverait un prétexte pour les laisser en tête-à-tête. M. Jérôme parlait vite, énervé à cause de la discussion inévitable, du refus de Jean qu'il faudrait vaincre, et ses doigts tremblaient. Jean, affolé, ne trouvait pas ses mots. Quelle honte d'éprouver une telle terreur ! N'était-ce pas enfin l'instant de s'échapper du troupeau des esclaves et d'agir en Maître ? Cette minute unique lui était donnée pour rompre sa chaîne, devenir un homme. Comme on le pressait de répondre, il fit un vague signe d'assentiment. Plus tard, songeant à cette seconde où se noua son destin, il s'avoua que dix pages de Nietzsche mal comprises le décidèrent. Il s'évada, laissant M. Jérôme stupéfait d'une si facile victoire et impatient de l'annoncer à la cure.

Le temps de descendre l'escalier et Jean Péloueyre déjà s'accoutumant au prodige, se sentait imperceptiblement moins chaste. Vierge, il lui était révélé que sa virginité ne serait peut-être pas éternelle. En lui, il osa éveiller une image, il en fixait avec hardiesse les yeux sombres ; ah ! c'était assez pour défaillir ! Jean Péloueyre éprouva le besoin de se baigner. Comme il arrive à beaucoup de baignoires du pays girondin, celle des Péloueyre était pleine de pommes de terre, et il fallut que Cadette la débarrassât.

Après le dîner, Jean Péloueyre traversa le village. Il s'observait pour ne faire aucun geste et ne pas se parler à lui-même. Raide, officiel, il saluait chaque groupe devant les portes, soudain silencieux à son approche, comme les grenouilles d'une mare ; mais aucun rire ne fusa. Enfin, les dernières maisons dépassées, sur la route blême encore, entre deux noires armées de pins qui soufflaient sur lui une haleine d'étuve et dont les milliers de pots emplis de gemme parfumaient comme des encensoirs la cathédrale sylvestre, il put rire, secouer les épaules, faire craquer ses doigts, crier : « Je suis un Maître, un Maître, un Maître ! » et répéter en marquant la césure ce distique : « Par quels secrets ressorts — par quel enchaînement — le ciel a-t-il conduit — ce grand événement[16] ? »

III

Jean Péloueyre redoute que la conversation ne tombe : la peur du silence incite le curé et Mme d'Artiailh à effleurer tous les sujets, à les dissiper follement ; ils ne trouveront bientôt plus rien à dire. Comme dilatée hors du vase une fleur de magnolia, la robe de Noémi déborde sa chaise. Ce parloir pauvre où Dieu est partout, sur tous les murs et sur la cheminée, elle l'imprègne de son odeur de jeune fille, un jour fauve de juillet — pareille à ces trop capiteuses fleurs qu'on ne saurait prudemment laisser dans sa chambre, la nuit. Jean tourne non la tête mais les yeux ; il inspecte Noémi descendue de sa colonne et qui, vue d'aussi près, lui apparaît telle que sous une loupe. Il cherche avidement les défauts, les « pailles » de ce vivant et frémissant métal : aux ailes du nez, des points noirs ; à la naissance de la gorge, la peau dut être brûlée par une trop vieille teinture d'iode. Un mot du curé la fait rire brièvement mais assez pour que de la haie pure de ses dents, Jean Péloueyre isole une canine un peu mate — douteuse. Son examen empêche les larges et sombres yeux de se lever vers lui ; peut-être regarde-t-il Noémi afin de n'être pas regardé par elle. Dieu merci ! le curé sait parler seul et prêcher à bâtons rompus. En dépit de sa ronde petitesse, rien en lui n'est jovial. Malgré la corpulence, l'austérité intérieure transparaît. Peu compris des métairies, il est aimé du bourg où, sous sa direction, plusieurs âmes avancent haut et loin dans la vie spirituelle. Comme il arrive, ce doux possède la terre[17]. Il n'est que suavité, que componction, mais son vouloir flexible jamais ne rompt. Il détourne du bal dominical les plus belles filles, et tient benoîtement tête aux entreprises amoureuses des garçons ; nul ne sait qu'il a retenu la receveuse des postes à l'extrême bord de l'adultère. Or il a décidé qu'il n'était pas bon que Jean Péloueyre demeurât seul ; et il lui importe surtout, à ce pasteur, que la maison Péloueyre ne devienne pas un jour la maison Cazenave ; que le loup ne se glisse pas dans la bergerie.

Jamais Jean n'avait remarqué comme les femmes respirent haut : en se gonflant, la gorge de Noémi touchait presque son menton. Sans plus essayer de feindre, le curé se leva, disant que ces chers enfants voulaient peut-être échanger des confidences ; et il invita Mme d'Artiailh à admirer au jardin des promesses de reines-claudes.

Il n'y a plus maintenant dans la pièce obscure, comme pour une expérience d'entomologie, que ce petit mâle noir et apeuré devant la femelle merveilleuse. Jean Péloueyre ne bouge plus, ne lève plus les yeux : c'est inutile désormais ; le voilà prisonnier des regards arrêtés sur lui. La vierge mesure de l'œil cette larve qui est son destin. Le beau jeune homme aux interchangeables visages, le compagnon du rêve de toutes les jeunes filles — celui qui offre à leurs insomnies sa dure poitrine et la courroie serrée de deux bras — il se dilue dans le crépuscule de cette cure, il se fond jusqu'à n'être plus, au coin le plus obscur du parloir, que ce grillon éperdu. Elle regarde son destin, le sachant inéluctable : on ne refuse pas le fils Péloueyre. Les parents de Noémi, s'ils vivent dans l'angoisse que le jeune homme se dérobe, n'imaginent même pas qu'aucune objection vienne de leur fille ; elle n'y songe pas non plus. Depuis un quart d'heure, tout ce que doit lui donner la vie est là, se rongeant les ongles, se tortillant sur une chaise. Il se lève, il est encore plus petit levé qu'assis, et il parle, balbutie une phrase qu'elle n'entend pas et qu'il répète : « Je sais que je ne suis pas digne... » Elle proteste : « Oh ! Monsieur !... » Il s'abandonne à une crise folle d'humilité, reconnaît qu'on ne peut l'aimer et ne demande que la permission d'aimer. Les mots lui viennent, ses phrases s'organisent. Il a attendu jusqu'à vingt-trois ans pour expliquer son cœur à une femme. Il gesticule comme s'il était seul pour dépeindre sa belle âme, et en effet il est bien seul.

Noémi regardait la porte et ne s'étonnait pas ; toujours elle avait ouï dire de Jean Péloueyre : « C'est un type, il est un peu timbré. » Il parlait, et la porte demeurait close ; rien ne vivait dans ce presbytère que ce bonhomme et ses gestes. Noémi se troubla ; un désir de larmes l'étouffait. Jean se tut enfin et elle eut peur comme dans une chambre où l'on sait qu'une chauve-souris est entrée et se cache. Lorsque le curé et Mme d'Artiailh revinrent, elle se jeta au cou de sa mère sans imaginer que cette effusion pût être un acquiescement. Mais déjà le curé frottait sa joue contre celle de Jean. Ces dames s'en allèrent seules pour ne pas éveiller la curiosité des voisines. Entre les volets rapprochés, Jean Péloueyre vit-il — près de Mme d'Artiailh, aiguë et grêle et qui filait l'arrière-train de côté, comme les chiens — cette robe de Noémi, cette robe un peu fripée qui ne s'épanouirait plus, cette nuque fléchie, fleur moins vivante, fleur déjà coupée ?

Ce garçon sauvage, accoutumé à se tapir loin du monde et de qui c'était l'unique souci de n'être pas vu, demeura plusieurs jours ahuri et stupide à cause de cette rumeur autour de lui. Le destin le tirait de ses ténèbres ; comme une formule de magie, les mots de Nietzsche avaient renversé les murs de sa cellule ; le cou dans les épaules et les yeux clignotants, on eût dit d'un oiseau nocturne lâché dans le grand jour. Les gens, à son entour, changeaient aussi : M. Jérôme négligeait ses régimes, prenait sur le temps de sa sieste pour relancer le curé jusqu'à la sacristie ; les Cazenave ne parurent plus le jeudi, et ne manifestèrent leur existence que par mille bruits infâmes touchant le tempérament de Jean Péloueyre et certaines particularités qui le rendaient, disait-on, impropre à l'état de mariage.

Du fond de son humilité, Jean Péloueyre admirait que les d'Artiailh pussent être, à cause de lui, enviés. On répétait partout que certes, Noémi méritait bien son bonheur. Cette très ancienne famille était à la côte[18]. Le laborieux M. d'Artiailh avait laissé des plumes dans diverses entreprises et ne rougissait pas de tenir un emploi à la mairie ; ce n'était plus un secret qu'à Pâques, les d'Artiailh avaient dû congédier leur bonne à tout faire. Jean Péloueyre se regardait dans la glace et ne se trouvait plus si hideux. M. le curé allait partout répétant que le fils Péloueyre, s'il manquait un peu d'apparence, était un esprit des plus distingués. Le respectueux silence de Noémi, chaque soir, tandis que sur un canapé du salon,

Jean Péloueyre s'écoutait parler, inclinait ce garçon à croire que, comme le disait M. le curé, une jeune fille sérieuse prise surtout chez son fiancé les avantages de l'esprit. Il s'abandonnait devant elle comme autrefois dans ses soliloques, grimaçait, gesticulait, citait, sans les annoncer, des vers — et cette belle fille blottie au coin du canapé lui parut aussi indulgente à ses discours que naguère les arbres sur la route vide. Il alla loin dans les confidences, et jusqu'à l'entretenir de ce Nietzsche qui peut-être l'obligerait à réviser les bases de sa vie morale ; Noémi essuyait ses mains moites avec un petit mouchoir en boule et regardait la porte derrière laquelle ses parents chuchotaient sans que, Dieu merci ! elle pût saisir le sens de leurs paroles : les ragots touchant son futur gendre troublaient le père d'Artiailh qui, roulé et volé à tous les tournants de sa vie, ne doutait point que cet apparent retour de fortune cachât un désastre. Mais, selon Mme d'Artiailh, on ne connaissait d'autre fondement à ces calomnies que la malveillance des Cazenave et l'éloignement des femmes où — soit religion, soit timidité — s'était tenu Jean Péloueyre. Onze heures sonnaient dans le clair de lune ; Mme d'Artiailh ouvrait la porte, sans tousser ni frapper, et désespérait de surprendre les jeunes gens dans une attitude qui donnât à penser. Elle s'excusait de déranger « les tourtereaux[19] » ; c'était l'heure, disait-elle, « du couvre-feu ». Jean touchait de ses lèvres les cheveux de Noémi, puis s'en allait en compagnie de son ombre le long des maisons. Son pas vainqueur éveillait les chiens de garde que la lune empêchait de se rendormir ; ainsi, même la nuit, il emplissait de bruit le village ! L'étrange était qu'il n'éprouvait plus rien de son émoi du temps qu'à la grand-messe Noémi fendait l'air de sa robe repassée. Il secouait la tête, pour ne pas penser à cette nuit de septembre où elle lui serait livrée. Cette nuit jamais n'arrivera : une guerre éclatera, quelqu'un mourra ; la terre tremblera...

Noémi d'Artiailh, en sa longue chemise, récitait sa prière devant les étoiles. Ses pieds nus aimaient le froid carrelage ; elle offrait sa douce gorge à l'apitoiement de la nuit. Elle n'essuyait pas cette larme qui roulait à portée de sa langue mais la buvait. Le frémissement du tilleul et son odeur rejoignaient la Voie lactée. Sur cette route du ciel, ses rêves un peu fous ne vagabondaient plus. Les grillons, qui crépitaient au bord de leur trou, lui rappelaient son maître. Un soir, étendue sur ses draps et toute livrée à la nuit chaude, elle sanglota d'abord à petit bruit, puis gémit longuement et regarda avec pitié son chaste corps intact, brûlant de vie mais d'une végétale fraîcheur. Qu'en ferait le grillon ? Elle savait qu'il aurait droit à toute caresse, et à celle-là, mystérieuse et terrible, après quoi un enfant naîtrait, un petit Péloueyre tout noir et chétif... Le grillon, elle l'aurait toute sa vie et jusque dans ses draps. Comme elle sanglotait, sa mère survint (ô camisole festonnée ! maigre tresse !). La petite inventa qu'elle avait horreur du mariage et souhaitait d'entrer au Carmel. Mme d'Artiailh, sans protester, la prit dans ses bras jusqu'à ce que se fussent espacés les sanglots. Puis elle l'assura qu'en ces matières, il fallait s'en rapporter à son directeur ; or, M. le curé n'avait-il pas choisi lui-même pour elle la voie du mariage ? Petite âme ménagère, toute tendresse et piété, Noémi était bien incapable de rien répondre. Elle ne lisait pas de romans ; elle servait chez ses parents, elle obéissait ; on lui assurait qu'un homme n'a pas besoin d'être beau ; que le mariage produit l'amour comme un pêcher une pêche... Mais il eût suffi, pour la convaincre, de répéter l'axiome : « On ne refuse pas le fils Péloueyre ! » On ne refuse pas le fils Péloueyre ; on ne refuse pas des métairies, des fermes, des troupeaux de moutons, des pièces d'argenterie, le linge de dix générations bien rangé dans des armoires larges, hautes et parfumées, — des alliances avec ce qu'il y a de mieux dans la lande. On ne refuse pas le fils Péloueyre.

IV

La terre ne trembla pas ; il n'y eut pas de signes dans le ciel et l'aube de ce mardi de septembre éclaira doucement le monde. On dut réveiller Jean Péloueyre qui avait dormi d'un sommeil profond. Les dalles du vestibule et la pierre du seuil disparurent sous le buis, le laurier et les feuilles de magnolia. Toutes les odeurs de la maison cédèrent à celle de cette jonchée piétinée[20]. Les demoiselles d'honneur chuchotaient et, à cause de leurs robes, ne s'asseyaient pas. La salle du *Cheval-Rouge* s'orna de guirlandes en papier. Le repas arriverait tout préparé de B... par le train de dix heures. Sur toutes les routes, des victorias amenèrent des familles gantées de blanc. Le soleil se jouait dans les hauts-de-forme hérissés des messieurs de qui les paysans admiraient la « queue de morue ».

M. Jérôme démasqua ses batteries : il reste-
rait au lit. C'était sa manière d'ignorer les
obsèques et les noces de son entourage. En ces
conjonctures solennelles, il avalait un cachet
de chloral et tirait ses rideaux. On rappelait
que durant l'agonie de sa femme, il se coucha
au plus haut étage de la maison et, le nez au
mur, ne consentit à ouvrir un œil que lorsqu'il
fut assuré que la dernière pelletée de terre
avait recouvert le cercueil, que le train emportait le dernier invité. Le jour du mariage de
son fils, il ne voulut pas que Cadette rabattît
les volets lorsque Jean Péloueyre, vert et réduit
à rien dans son habit, lui demanda de le bénir.

Jour terrible ! Toute la honte de Jean
Péloueyre lui était revenue d'un coup. Bien
que le cortège défilât dans le vacarme des
cloches, sa fine oreille de chasseur ne perdit
rien des apitoiements de la foule. Il entendit
un jeune homme murmurer : « Quel dom-
mage ! » Des jeunes filles, grimpées sur les
chaises, pouffaient. Entre l'autel incendié et la
foule en rumeur, il vacillait, accrochait ses
mains au velours du prie-Dieu. Il ne regardait
pas, mais sentait frémir à ses côtés le corps
mystérieux d'une femme... Le curé lisait, lisait.
Ah ! si son discours avait pu ne jamais finir !
Mais le soleil, criblant de confetti les vieilles
dalles, déclinerait — puis s'ouvrirait le règne
de la nuit révélatrice.

La chaleur avait gâté le repas; l'une des langoustes sentait fort. La bombe glacée se mua en une crème jaune. Plutôt que de fuir, les mouches se seraient laissé écraser sur les petits fours, et les femmes fortes souffraient d'être harnachées : d'actives sudations brûlèrent sans recours les corsages. Seule la table des enfants criait de joie. Du fond de son abîme, Jean Péloueyre épiait les visages : que chuchotait Fernand Cazenave à un oncle de Noémi ? Comme un sourd-muet, Jean devinait la phrase aux mouvements des lèvres : « Si l'on nous avait écoutés, on aurait évité ce malheur, mais dans notre position, c'était bien délicat d'intervenir... »

V

La chambre de cette maison de famille d'Arcachon était meublée de faux bambou. Nulle
étoffe ne dissimulait les ustensiles sous la
toilette, et des moustiques écrasés souillaient
le papier de tenture. Par la fenêtre ouverte,
l'haleine du Bassin sentait le poisson, le varech
et le sel. Le ronronnement d'un moteur s'éloignait vers les passes. Dans les rideaux de
cretonne, deux anges gardiens voilaient leurs
faces honteuses. Jean Péloueyre dut se battre
longtemps, d'abord contre sa propre glace,
puis contre une morte. A l'aube un gémissement faible marqua la fin d'une lutte qui avait
duré six heures. Trempé de sueur, Jean
Péloueyre n'osait bouger, — plus hideux qu'un
ver auprès de ce cadavre enfin abandonné[21].

Elle était pareille à une martyre endormie.
Les cheveux collés au front, comme dans

l'agonie, rendaient plus mince son visage d'enfant battu. Les mains en croix contre sa gorge innocente, serraient le scapulaire un peu déteint et les médailles bénites. Il aurait fallu baiser ses pieds, saisir ce tendre corps, sans l'éveiller, courir, le tenant ainsi, vers la haute mer, le livrer à la chaste écume.

VI

Bien qu'un billet circulaire obligeât le couple à demeurer absent trois semaines, dix jours après la noce, il revint s'abattre dans la maison Péloueyre. Le bourg fut en rumeur, et les Cazenave, sans attendre le jeudi, accoururent et scrutèrent le visage de Noémi. Mais la jeune femme ne livra rien de son cœur. Les d'Artiailh et le curé arrêtèrent d'ailleurs les commérages : les tourtereaux avaient préféré — disaient-ils — le calme du foyer au tumulte des hôtels et des gares. A la sortie de la grand-messe, Noémi, très parée, serra les mains, en souriant : elle riait, elle était donc heureuse. Son assiduité à la messe quotidienne pourtant ne laissa pas d'étonner. Des dames notèrent que ses mains, bien après la communion, ne s'écartaient pas d'une figure amincie et dolente. On inféra de cette mine abattue que Noémi était grosse. Tante Félicité parut un jour pour mesurer d'un œil furtif la ceinture de la jeune femme. Mais un secret colloque avec Cadette, — vieil augure qui présidait aux lessives — la rassura. Dès lors elle crut politique de se tenir à l'écart, ne voulant, disait-elle, feindre d'approuver par sa présence une union monstrueuse, manigancée par les prêtres. Elle ménageait sa rentrée aux premiers éclats d'un inévitable drame.

Cependant M. Jérôme s'étonnait que sa bru le soignât avec la passion d'une sœur de Saint-Vincent-de-Paul. A l'heure prescrite, elle portait chaque remède, ordonnait le repas selon un rigoureux régime et, avec une douce autorité, imposait à tous le silence durant la sieste. Comme autrefois, Jean Péloueyre s'évadait de la maison paternelle, longeait les murs des ruelles détournées. A l'affût derrière un pin, en lisière d'un champ de millade, il guettait les pies. Il eût voulu retenir chaque minute et que le soir ne vînt jamais. Mais déjà plus vite naissait l'ombre. Les pins, en proie aux vents d'équinoxe, reprenaient en sourdine la plainte que leur enseigne l'Atlantique dans les sables de Mimizan et de Biscarosse. De l'épaisseur des fougères, s'élevèrent les cabanes de brande où les Landais, en octobre, chassent les palombes. L'odeur du pain de seigle parfumait le crépuscule autour des métairies. Au soleil couchant, Jean Péloueyre tirait les dernières alouettes. A mesure qu'il se rapprochait du bourg son pas devenait plus lent. Un peu de temps encore ! encore un peu de temps, avant que Noémi souffre de le sentir dans la maison ! Il traversait le vestibule à pas de loup ; elle le guettait, la lampe haute et venait à lui avec un sourire d'accueil, lui tendait son front, soupesait la carnassière, faisait enfin les gestes de l'épouse, heureuse parce que le bien-aimé est revenu. Mais elle ne soutenait son rôle que quelques minutes et pas une seconde ne put se flatter de faire illusion. Pendant le repas, M. Jérôme les délivrait du silence : depuis qu'une jeune garde-malade s'inquiétait de lui, il ne se lassait de décrire ses sensations. Comme elle se chargeait de recevoir les métayers, Noémi devait l'entretenir du domaine. M. Jérôme admirait que cette petite fille fût la seule dans la maison à savoir vérifier les comptes du régisseur et surveiller la vente des poteaux de mines. Il lui attribuait aussi le mérite des deux kilos qu'il avait gagnés depuis le mariage de son fils.

Le repas achevé et M. Jérôme sommeillant, les pieds aux chenets, les deux époux, sans recours possible, se trouvaient face à face. Jean Péloueyre s'asseyait loin de la lampe, respirait à peine, s'effaçait dans l'ombre. Mais rien ne pouvait empêcher qu'il fût là et que Cadette à dix heures apportât les bougeoirs. O dure montée vers les chambres ! Le pluvieux automne chuchotait sur les tuiles. Un contrevent claquait ; le cahotement d'une charrette s'éloignait. A genoux contre le lit redoutable, Noémi détachait à mi-voix les mots de sa prière : « Prosternée devant Vous, ô mon Dieu, je Vous rends grâce de ce que Vous m'avez donné un cœur capable de Vous connaître et de Vous aimer[22]... » Jean Péloueyre, dans les ténèbres, devinait la rétraction du corps adoré et s'en éloignait le plus possible. Quelquefois, Noémi, avançant une main vers ce visage moins odieux puisqu'elle ne le voyait plus, y sentait de chaudes larmes. Alors, pleine de remords et de pitié, comme dans l'amphithéâtre une vierge chrétienne d'un seul élan se jetait vers la bête, les yeux fermés, les lèvres serrées, elle étreignait ce malheureux.

VII

La chasse à la palombe servit à Jean Péloueyre
de prétexte pour passer les journées loin de
celle que, par sa seule présence, il assassinait.
Il se levait avec tant de silence que Noémi ne
s'éveillait pas. Quand elle ouvrait les yeux, il
était loin déjà : une carriole l'emportait sur les
routes boueuses. Il dételait dans une métairie
et aux abords de la cabane se cachait et sifflait
de peur qu'un vol de palombes ne fût en vue.
Le petit-fils de Cadette criait qu'il pouvait
approcher, et l'affût commençait : longues
heures de brume et de songe bercées de cloches
de troupeaux, d'appels de bergers, de croasse-
ments. Dès quatre heures, il devait quitter la
chasse ; mais pour ne rentrer que le plus tard
possible, Jean se glissait dans l'église ; il n'y
récitait aucune prière ; il saignait devant quelqu'un. Souvent les larmes venaient ; il lui

semblait que sa tête reposait sur des genoux. Puis Jean Péloueyre jetait sur la table de la cuisine des palombes ardoisées, au cou encore gonflé de glands. Ses souliers fumaient devant le feu ; il sentait sur sa main la langue tiède d'une chienne. Cadette trempait la soupe ; derrière elle, Jean pénétrait dans la salle. Noémi lui disait : « Je ne savais pas que vous fussiez de retour déjà... » Et encore : « Ne vous laverez-vous pas les mains ? » Alors il allait à sa chambre dont les volets n'étaient pas encore clos : une lanterne éclairait les ornières pleines de pluie... Jean Péloueyre se lavait les mains sans atteindre à rendre ses ongles nets, et il les cachait sous la table pour que Noémi ne les vît pas. Il l'observait en dessous : que ses oreilles étaient blanches ! Elle n'avait pas d'appétit. Il insistait avec maladresse pour qu'elle reprît du gigot : « Mais puisque je vous dis que je n'ai plus faim ! » Un sourire soumis, parfois la moue d'un baiser corrigeaient ces brèves impatiences. Elle regardait son époux en face comme une agonisante qui croit au ciel regarde la mort. Elle retenait le sourire à sa bouche comme on fait pour donner le change à quelqu'un qui va mourir. C'était lui, lui, Jean Péloueyre, qui meurtrissait ces yeux, qui décolorait ces oreilles, ces lèvres, ces joues : rien qu'en étant là, il épuisait cette jeune vie. Ainsi défaite, elle lui était plus chère. Quelle victime fut jamais plus aimée de son bourreau ?

Seul, M. Jérôme s'épanouissait. A ce doux,

toute souffrance était invisible qui n'était pas la sienne. On eut la stupeur de l'entendre se réjouir d'une sérieuse amélioration dans son état. L'asthme lui laissait du répit. Il sommeillait jusqu'au petit jour sans le secours d'aucun narcotique. Cela lui avait porté bonheur, disait-il, de défendre sa porte au docteur Pieuchon de qui le fils avait eu un crachement de sang et demeurait en traitement chez son père. M. Jérôme, par peur de la contagion, avait rompu avec son vieux camarade. Il jurait que sa bru suffisait à tout et qu'elle avait plus d'expérience que les médecins. Rien ne la rebutait : pas même ce qui touche à la garde-robe. Elle avait su rendre délicieux le plus fade régime. Des jus de citron et d'orange, parfois un doigt de vieil armagnac, remplaçaient les condiments défendus, excitaient l'appétit que M. Jérôme assurait avoir perdu depuis quinze ans. Après de timides essais, Noémi voulut bien aider à la digestion de son beau-père par une lecture à haute voix. Elle était inlassable, ne s'arrêtait plus, faisait semblant de ne pas s'apercevoir que M. Jérôme préludait au sommeil par un petit souffle régulier. Une heure sonnait — une heure de moins à trembler de dégoût dans la ténèbre[23] de la chambre nuptiale, à épier les mouvements de l'affreux corps étendu contre le sien et qui, par pitié pour elle, feindrait de dormir. Parfois le contact d'une jambe la réveillait ; alors elle se coulait tout entière entre le mur et le lit ; ou un léger attouchement la faisait tressaillir : l'autre, la croyant endormie, osait une caresse furtive. C'était au tour de Noémi de prendre l'aspect du sommeil, de peur que Jean Péloueyre fût tenté d'aller plus avant.

VIII

Jamais entre eux de ces disputes qui séparent
les amants. Ils se savaient trop blessés pour se
porter des coups ; la moindre offense se fût
envenimée, eût été inguérissable. Chacun veillait à ne pas toucher la blessure de l'autre.
Leurs gestes furent mesurés pour se faire moins
souffrir : quand Noémi se déshabillait, il regardait ailleurs et n'entrait jamais dans le cabinet
de toilette quand elle s'y lavait. Il prit des
habitudes de propreté, fit venir de l'eau de
Lubin dont il s'inondait, et, grelottant, inaugura
un tub[24]. Jean se croyait l'unique coupable ;
elle se haïssait de n'être pas une épouse selon
Dieu. Jamais ils n'échangèrent un reproche
même muet, mais d'un regard se demandaient
l'un à l'autre pardon. Ils décidèrent de réciter
ensemble leur prière : ennemis dans la chair,

ils s'unissaient dans cette imploration du soir ;
leurs voix au moins pouvaient se confondre ;
côte à côte et séparés, ils se rejoignaient dans
l'infini.

Un matin, comme sans s'être donné le mot,
ils s'étaient rencontrés au chevet d'un vieillard
infirme, avidement ils usèrent de ce nouveau
lien et désormais, une fois dans la semaine,
firent leur tournée des malades, en attribuant
l'un à l'autre le mérite. Hors ces courses,
Noémi fuyait Jean, ou plutôt le corps de Noémi
fuyait le corps de Jean, — et Jean fuyait le
dégoût de Noémi. En vain voulut-elle réagir
contre cette répulsion de sa chair : un jour
morne de novembre, elle qui haïssait la marche,
se força à suivre Jean Péloueyre dans la lande
et jusqu'aux confins de ces marais déserts où
le silence est tel qu'aux veilles de tempête, on
y entend les coups sourds de l'Atlantique dans
les sables. Les gentianes, d'un bleu de regard,
ne les fleurissaient plus. Elle allait devant,
comme on s'échappe, et il la suivait de loin.
Les pasteurs du Béarn dont était issu Jean
Péloueyre, et qui dans ce désert jouirent du
droit de pacage, y avaient, bien des siècles
auparavant, creusé pour leurs troupeaux un
puits ; au bord de sa bouche fangeuse, les deux
époux se rejoignirent. Et Jean pensait à ces
vieux bergers atteints du mal mystérieux de la
lande, la pelagre[25], et qu'on retrouve toujours

au fond d'un puits ou la tête enfoncée dans la vase d'une lagune. Ah ! lui aussi, lui aussi, aurait voulu étreindre cette terre avare qui l'avait pétri à sa ressemblance et finir étouffé par ce baiser.

IX

Souvent la visite du curé interrompait la
lecture. Il appelait Noémi : mon enfant, acceptait un verre d'eau de noix[26] ; mais il semblait
qu'il ne sût plus comme naguère soutenir avec
M. Jérôme des colloques théologiques ni le
divertir d'anecdotes cléricales. Chacun, devant
ce juge, rattachait son masque. Les yeux n'ex-
primaient plus rien ; les âmes se sentaient
épiées. Le curé ne se délassait plus en une
conversation à bâtons rompus : tout ce qu'il
disait semblait tendre à un but non encore
découvert. Il allongeait vers la flamme des
jambes courtes et enflées, et soudain assenait
de vifs regards vite voilés sur le couple silencieux. Moins péremptoire, moins sûr de soi,
depuis longtemps il n'avait raconté, comme il
aimait faire, ses débats avec tel rationaliste, où
revenait souvent cette formule : « Je lui répon-

dis, *victorieusement d'ailleurs...* » M. Jérôme
assurait qu'il n'avait vu le curé si soucieux qu'à
l'époque où l'ancien maire prétendit faire son-
ner les cloches pour les enterrements civils et
mobiliser le char funèbre de la fabrique. Le
curé aurait voulu que Jean Péloueyre se remît
à un travail d'histoire locale, entrepris avec
passion mais depuis une année interrompu. Le
jeune homme prétendait manquer des docu-
ments essentiels. Au vrai, de souffle court, il
n'allait jamais jusqu'au bout d'aucune étude.
Les premières pages de ses livres, il les zébrait
de notes, et les dernières, il ne les coupait pas.
Un perpétuel besoin de marcher pour ratioci-
ner à son aise, l'éloignait de sa table. Un soir,
comme M. Jérôme s'était retiré, le curé revint
avec obstination sur ce sujet. Jean Péloueyre
se déclara incapable d'aller plus avant, sans
consulter des ouvrages spéciaux à la Bibliothèque nationale : il ne pouvait tout de même
pas faire le voyage de Paris... « Et pourquoi,
mon cher enfant, ne le feriez-vous pas ? » Le
curé posa à mi-voix cette question ; il jouait
avec la frange de sa ceinture, et ne détournait
pas ses yeux du feu. Une faible voix murmura :
« Je ne veux pas que Jean me quitte. » Mais le
curé insista : c'est un péché que de ne pas faire
fructifier le talent. Incapable de diriger un
cercle d'études ni aucune œuvre, Jean ne
devait pas tenir plus longtemps l'emploi de
l'ouvrier inutile... Le saint homme développait
ce thème. La triste voix, en un grand effort, dit

encore : « Si Jean s'en va, je partirai avec lui... »
Le curé secoua la tête : Noémi s'était rendue
indispensable auprès du cher malade. Au reste
il ne s'agissait que d'une courte séparation —
quelques semaines, quelques mois... Noémi ne
trouva plus la force de protester. Aucune autre
parole ne fut prononcée jusqu'à ce que le curé
eût remis sa douillette et chaussé des sabots.
Jean Péloueyre s'enveloppa d'une pèlerine,
alluma la lanterne et précéda son hôte.

Le pluvieux décembre et ses brèves journées
ne permirent plus aux époux de se fuir — sauf
lorsque Jean Péloueyre chassait la bécasse ;
mais même alors il fallait rentrer dès quatre
heures avec le crépuscule. Un seul feu, une
lampe unique rapprochaient ces corps ennemis. Autour de la maison, la pluie endormante
chuchotait. M. Jérôme avait ses douleurs de
chaque hiver dans l'épaule gauche et geignait.
Mais Noémi allait mieux. Elle s'obligeait à un
effort quotidien pour détourner Jean de ses
projets de voyage ; elle avait promis au ciel de
tenter l'impossible pour qu'il demeurât près
d'elle. Cette supplication empêchait le malheureux de rester indécis sans se résoudre à rien
et, en ayant l'air de le retenir, le forçait à
prendre parti. Il levait vers la jeune femme ses
yeux de chien battu : « Il faut que je m'en aille,
Noémi. » Elle protestait, mais s'il faisait semblant de fléchir, loin de poursuivre son avan-

tage elle n'insistait plus. M. Jérôme, bien qu'il citât volontiers le vers des « Deux pigeons »[27] : « L'absence est le plus grand des maux », envisageait avec une secrète joie de vivre seul près de sa bru. Enfin le curé, en toutes rencontres, harcelait Jean Péloueyre. Que pouvait le triste garçon contre cette complicité ? D'ailleurs il approuvait dans son cœur ce verdict de bannissement. Hors un pèlerinage à Lourdes et ses nuits d'amour à Arcachon, il n'avait jamais quitté son trou. S'enfoncer tout seul dans la cohue de Paris ! C'était pour lui sombrer à jamais au fond d'un océan humain plus redoutable que l'Atlantique. Mais trop de cœurs le poussaient vers le gouffre. Le départ fut enfin fixé à la deuxième semaine de février. Longtemps en avance, Noémi s'inquiéta de la malle et du trousseau. Jean Péloueyre était là encore qu'elle avait déjà retrouvé quelque appétit. Ses joues se colorèrent. Une après-midi de neige, elle en fit des pelotes[28] et les jeta à la figure du petit-fils de Cadette, et Jean Péloueyre, derrière une vitre du premier étage, les regardait. Lucide, il assistait à cette résurrection. Comme la campagne se délivre de l'hiver, cette femme se délivrait de lui : il la fuyait pour qu'elle refleurît.

Jean Péloueyre, ayant baissé la glace souillée du wagon, regarda le plus longtemps possible s'agiter le mouchoir de Noémi. Comme il flottait, ce signal d'adieu et de joie ! Pendant cette dernière semaine, elle avait soûlé le voyageur d'une feinte tendresse, et ardente l'avait provoqué jusqu'à lui faire murmurer, une nuit où il avait cru la sentir vivre sous son souffle : « Et si je ne partais pas, Noémi ? » Ah ! bien que ce fût dans les ténèbres et qu'elle n'eût répondu que par une exclamation étouffée, il devina cette terreur, cette horreur, et ne put se défendre d'ajouter : « Rassure-toi, je m'en irai. » Ce fut le seul mot par quoi il manifesta qu'il n'était pas dupe. Elle se tourna vers le mur et il l'entendit pleurer.

Jean Péloueyre regarda défiler les pins familiers que traversait le petit train ; il reconnut ce fourré où il avait manqué une bécasse. La voie longeait la route qu'il avait si souvent parcourue en carriole. Cette métairie couchée dans la fumée et dans la brume, au bord d'un champ vide, serrant contre elle le four à pain, l'étable, le puits, il la salua par son nom, il en connaissait le propriétaire. Puis un nouveau train l'emporta à travers des landes où il n'avait jamais chassé. A Langon, il dit adieu aux derniers pins comme à des amis qui l'eussent accompagné le plus loin possible et s'arrêtaient enfin, et de leurs branches étendues le bénissaient.

X

Il se logea dans le premier hôtel qu'il rencontra quai Voltaire. Le matin, il regardait pleuvoir sur la Seine qu'il n'avait encore osé franchir, puis, à midi, se glissait jusqu'au café de la gare d'Orléans où il somnolait, dans le grondement des trains qui emportaient vers le Sud-Ouest des voyageurs bienheureux. N'osant s'attarder, son repas fini, sans consommer, il buvait après sa bouteille de vin blanc, deux verres de liqueur, et son agile esprit se mouvait dans l'absolu. Ses tics, des mots entrecoupés, parfois faisaient sourire les voisins et les garçons ; mais tapi entre le tambour de la porte et une colonne, il demeurait le plus souvent inaperçu. Jusqu'aux réclames, il lisait les journaux : meurtres, suicides, drames de la jalousie et de la folie, tout était bon à Jean Péloueyre qui se repaissait du mal universel. Après le

dîner, un ticket de deux sous lui donnait accès
aux quais : il cherchait le wagon où était écrit
le nom d'Irun et dont les larges vitres, le
lendemain matin, refléteraient les landes
monotones. Il avait calculé que ce train passait
à moins de quatre-vingts kilomètres à vol d'oiseau de la maison Péloueyre. Il posait sa main
sur la paroi du wagon et lorsque le convoi
s'ébranlait, on eût dit un homme qui voit
disparaître à jamais la moitié de son âme. Dans
le café, où de nouveau il s'attablait, c'était
l'heure d'un orchestre et Jean Péloueyre subis-
sait jusqu'au désespoir la toute-puissance de la
musique sur son cœur. Elle le livrait sans
recours au fantôme de Noémi. Il voyageait par
la pensée sur ce corps que jamais il n'avait
contemplé qu'endormi. Dans le sommeil, au
long des nuits de septembre et quand le clair
de lune coulait sur le lit, le triste faune avait
mieux appris à connaître ce corps que si,
amant heureux, il l'eût possédé dans un mutuel
délire. Il n'avait jamais tenu entre ses bras
qu'un cadavre mais il l'avait réellement pénétré
avec ses yeux. Peut-être connaissons-nous mieux
qu'aucune autre, la femme qui ne nous a pas
aimés. A cette heure, Noémi dormait dans la
vaste chambre froide, elle dormait bienheureuse, délivrée d'une repoussante présence,
toute à la volupté du lit désert. A travers
l'espace, il sentait la joie de sa bien-aimée, sa
joie parce qu'il n'était plus contre elle couché.
La tête entre les mains, Jean Péloueyre s'exci-

tait à la colère : il reviendrait au pays, s'impo-
serait à cette femme, jouirait d'elle, dût-elle en
crever ! Il en ferait un objet à son usage...
Alors, en lui, elle surgissait muette, soumise,
avec cette douce gorge lourde, comme un
arbre qui tend son fruit. Il se rappelait ses
consentements à mourir d'horreur et sans un
cri... Jean Péloueyre payait les consommations,
suivait le quai jusqu'à l'hôtel, se déshabillait à
tâtons pour ne pas se voir dans la glace.

Tous les trois jours, on lui portait avec son
chocolat une enveloppe qu'il n'ouvrait quelquefois que le soir. Ah ! que lui importaient
ces hypocrites vœux pour son retour ! Le seul
plaisir de Jean Péloueyre était de penser que
la main de Noémi à ce papier s'appuya, — que
l'ongle de son petit doigt avait creusé cette
ligne sous chaque mot. Vers la fin de mars, il
crut sentir quelque sincérité dans l'appel de
Noémi : « ... Je suis sûre que vous ne croyez
pas à mon désir de vous revoir. C'est mal
connaître votre femme... » Elle écrivait encore :
« Je m'ennuie de toi. » Jean Péloueyre froissait
la lettre et relisait celle que son père lui avait
adressée par le même courrier : « ... Tu trou-
veras Noémi changée à son avantage : elle a
repris de l'embonpoint, elle est superbe ; elle
me soigne et me dorlote avec tant de bonne
humeur que j'oublie de la remercier. Les Cazenave ne paraissent plus céans, mais je sais

qu'ils imaginent de la brouille entre vous : laissons-les dire. Je reprends du poil de la bête ; ce n'est pas comme le fils Pieuchon qui ne sort plus qu'en voiture et qu'on croit perdu, bien qu'un médecin de B... prétende le guérir avec de la teinture d'iode diluée dans l'eau : les jeunes s'en vont avant les vieux... »

Quand vinrent les premiers beaux jours, Jean Péloueyre osa enfin passer les ponts. Dans un crépuscule d'or, il regarda la Seine, et ses mains touchaient le parapet tiède, le caressaient comme un être vivant. Alors une voix derrière lui chuchota ; elle l'appelait : « Chéri » ; elle lui disait : « Viens. » Tout près du sien, un jeune visage était exsangue sous le fard. Une main gonflée et sans ongles cherchait sa main. Il prit la fuite, ne s'arrêta qu'aux guichets du Louvre, soufflant un peu. Même de telles créatures, aurait-il jamais osé attendre un appel ? Une autre femme que Noémi ?... Il voulut, pour la première fois, se délecter en pensée d'une complice, sinon bienheureuse, du moins indifférente et sans dégoût ; mais un si pauvre bonheur lui demeurait inconcevable ; il reçut l'âcre connaissance de ce comble d'infortune, en éprouva un retour de colère. Ah ! pourquoi ne pas consentir, ce soir, à l'anéantissement dans des bras indulgents et soumis ? Sont-elles au monde pour d'autres que les Péloueyre, ces dispensatrices de caresses ? Il vit trembler le

ciel de huit heures dans le bassin des Tuileries ;
des enfants s'attroupaient à cause de ses gestes.
Il fila, le dos rond, contourna la place, atteignit
la rue Royale et, comme c'était l'heure du
dîner, osa franchir le seuil d'un cabaret fameux.

Tapi contre la porte, face au bar où, comme
à une mangeoire d'acajou, des perruches à
aigrettes s'accrochent, il éprouvait avec délices
que son aspect ici n'étonnait ni les femelles,
ni les maîtres d'hôtel, noirs et gras — rats
d'égouts de restaurants chers. Ce boyau étin-
celant attire trop de sauvages des Amériques,
trop de fermiers et de notaires provinciaux
pour qu'y fasse rire un Jean Péloueyre. Le
vouvray colorait ses pommettes et il souriait
au bétail qu'attirait l'auge d'acajou. Une blonde
charnue glissa de son tabouret, lui demanda
du feu, but dans son verre, à mi-voix lui promit
pour cinq louis de bonheur, puis de nouveau
se percha, expectante. Bien que le vieux monsieur d'une table voisine lui conseillât d'attendre la fermeture de l'établissement « parce
qu'alors celles qui restent vous font des prix
avantageux », Jean Péloueyre paya l'addition et
sur le trottoir fut rejoint par la dame. Elle héla
un taxi et fit descendre le client derrière la
Madeleine. L'escalier de l'hôtel sans vestibule
s'amorçait au ras du trottoir comme pour en
aspirer les immondices.

Le bruit des épingles à cheveux sur du
marbre, éveilla Jean de sa léthargie. Il vit des
bras démesurément larges à l'endroit où ils

s'attachent aux épaules. Des faveurs roses enjolivaient cette chair tremblante. Elle l'appela son loup tandis qu'avec un soin infini, elle enlevait des bas de soie végétale. Cette hâte de se donner, ce consentement, cette soumission sans dégoût, Jean Péloueyre en éprouvait une pire douleur que lorsque, de toute sa chair, Noémi lui criait : « Non ! » Stupide, la fille le vit jeter un billet sur la table, et avant qu'elle ait pu faire un geste, il était déjà dehors, enfilait une rue comme un voleur. Il goûta, dans la cohue des boulevards, cette béatitude après un grand péril conjuré. Les marronniers nus des Champs-Élysées l'attirèrent. Un banc était libre ; il s'y reposa, essoufflé, toussant un peu. Cette lune tronquée qu'éclipsaient les lampes à arc, il songea qu'elle épandait sa lueur calme sur le troupeau des sombres cimes entre les Pyrénées et l'Océan. Il ne souffrait plus ; tout était pur en lui. Il se délectait de sa misère sans souillure. Noémi et Jean s'aimeraient dans un jour d'été sans déclin. D'avance il goûta l'accord de leur chair glorifiée. O lumière où s'appelleront leurs corps immortels, leurs corps incorruptibles ! Jean Péloueyre dit à haute voix : « Il n'est pas de Maîtres ; nous naissons tous esclaves et nous devenons vos affranchis, Seigneur. » Un sergent de ville s'étant approché, le considéra un instant, puis, les épaules soulevées, s'éloigna.

Jean s'installa, chaque après-midi, à la terrasse du café de la Paix, au bord d'un triste fleuve de visages. Les maladies secrètes, l'alcool, les stupéfiants avaient repétri à il ne savait quelle immonde ressemblance des milliers de figures qui toutes furent des figures d'enfants. Jean Péloueyre s'intéressait à la quête des prostituées, dénombrait ce troupeau de maigres louves. Il jouait à deviner pour le compte de quel vice, ce monsieur à monocle et la lèvre pendante, chassait. Avidement Jean Péloueyre cherchait une seule face qui portât le signe des dominateurs et des maîtres, une seule et il eût suivi cet être élu ; mais les yeux étaient égarés, les mains tremblaient ; des convoitises hors nature salissaient des figures qui ne se savaient pas épiées. D'ailleurs, ce Maître, s'il avait existé, eût-il été immortel ? Jean Péloueyre, gesticulant à cette table des boulevards comme entre les murs d'une route de son village, se citait à soi-même le mot de Pascal sur la fin de la plus belle vie du monde[29]. On perd toujours la partie ! On perd toujours la partie, ô cerveau ramolli de Nietzsche !... Des jeunes gens, près de lui, se poussaient du coude. Une femme assise avec eux interpella Jean Péloueyre. Il tressaillit, jeta de la monnaie sur la table et prit le large. Il entendit la femme crier : « On n'est pas plus dingo... » Et maintenant il se glissait dans la cohue, trottait comme un rat le long des vitrines, élaborait le plan d'une étude péremptoire qu'il intitulerait :

Volonté de Puissance et Sainteté. Parfois, une glace de magasin le reflétait et il ne se reconnaissait pas. La mauvaise nourriture l'avait maigri et réduit encore. La poussière de Paris irritait sa gorge. Il aurait dû renoncer aux cigarettes et n'avait jamais tant fumé ; aussi allait-il toujours crachant et toussant. Des vertiges l'obligeaient à s'appuyer aux réverbères. Il aimait mieux se priver de manger que souffrir ensuite de brûlures à l'estomac. Le ramasserait-on un jour dans le ruisseau comme un chat mort ? Alors Noémi serait délivrée... Ainsi rêvait-il au cinéma où il échouait, moins attiré par l'écran que par la musique ininterrompue. Souvent le fiévreux, mourant de fatigue, entrait dans un établissement de bains. Un rideau de calicot voile la lumière, les cols de cygne gouttent, on ne sent plus vivre son corps. Jean Péloueyre ne cherchait de si médiocres refuges que parce que longtemps il ne connut à Paris d'autre église que la Madeleine, la seule qu'il rencontrât entre son hôtel et le café de la Paix. Mais un jour, un autre itinéraire lui fit connaître Saint-Roch dont la ténébreuse chapelle devint son havre quotidien. Odeur retrouvée de l'église natale, — présence, la même à ce carrefour de l'immense ville que dans le bourg inconnu. Pas une fois il ne franchit le seuil d'une bibliothèque.

Peut-être eût-il vécu ainsi jusqu'à la mort, si un matin une lettre du curé ne l'avait rappelé au bercail. Les termes en étaient pressants, bien qu'elle donnât de M. Jérôme et de Noémi les meilleures nouvelles. Avec une grande angoisse, Jean Péloueyre monta dans cet express dont si souvent il avait senti se détacher de lui, glisser doucement, puis plus vite vers le Sud-Ouest, le wagon qui porte le nom d'Irun.

XI

Cette lettre d'appel, nul événement n'avait
décidé M. le curé à l'écrire : il s'y était résolu
après une confession où Noémi n'avait accusé
que ses vénielles fautes de chaque samedi.
Mais elle avait requis l'aide spirituelle de son
directeur contre des tentations, des troubles
dont elle ne précisa pas la nature.

A l'éloignement de Jean Péloueyre, elle avait
dû d'abord un peu de cette lassitude heureuse
des convalescentes. La solitude lui était une
volupté continue ; alanguie, elle se complaisait
en soi-même. Bien qu'elle fût incapable d'aucune analyse, elle se sentait autre et, rendue à
la vie de jeune fille, connaissait dans sa chair
qu'elle n'était plus une jeune fille. Le dégoût
l'avait détournée d'assister à l'éclosion en elle
d'une femme ; mais cette étrangère exigeait
d'elle une satisfaction mystérieuse. Inquiète de

n'éprouver plus la paix d'avant que cet homme la possédât, comment eût-elle discerné ce désaccord entre son cœur toujours endormi et sa chair à demi éveillée ? Elle avait ressenti le déchirement de son être, avec horreur, certes, mais la chair est fidèle à ne rien oublier de ce qu'elle subit. Comme la jeune femme n'ouvrait d'autre livre que son paroissien et que son état de jeune fille bien née et pauvre l'avait tenue à l'écart de toute intime compagnie, aucune fiction, nulle confidence ne l'aurait éclairée sur cette secrète exigence en elle. Alors le destin lui fournit un visage.

Le soleil de mars faisait luire les flaques sur la place. La sieste de Jérôme Péloueyre enchantait la maison au point que pas un meuble n'y craquait. Comme toutes les femmes du bourg, Noémi cousait au rez-de-chaussée, dans l'embrasure d'une fenêtre dont les volets demeuraient mi-clos. De la table à ouvrage, le linge à repriser coulait. Elle entendit un bruit de roues, vit s'arrêter à quelques pas de la fenêtre une charrette anglaise. Un jeune homme tenait les rênes et regardait autour de lui en quête d'un renseignement, mais la place était déserte. Comme Noémi, curieuse, poussait les volets, l'étranger tourna la tête, se découvrit et demanda où habitait le docteur Pieuchon. Noémi lui ayant indiqué la route, il salua, toucha du fouet la croupe de son cheval et disparut. Noémi recommença de coudre et tout le jour tira l'aiguille, la pensée vague, inconsciente de ce visage dont elle avait reçu l'empreinte. Le lendemain, à la même heure, l'inconnu passa encore mais ne s'arrêta pas. Pourtant, devant la maison Péloueyre, il retint un peu son cheval, et ses regards cherchaient la jeune femme entre les volets rapprochés. A tout hasard, il salua. Au repas du soir, M. Jérôme prétendit tenir du curé que le fils Pieuchon allait de mal en pis et que son père avait fait appel à un jeune médecin de la sous-préfecture dont on vantait la méthode : il traitait la tuberculose par la teinture d'iode « à dose massive » ; il fallait que le malade ingurgitât des centaines de gouttes diluées dans l'eau. M. Jérôme doutait que l'estomac du fils Pieuchon pût tolérer cette mixture. Chaque jour passa le tilbury et chaque jour il ralentit devant la maison Péloueyre, sans que jamais Noémi poussât les volets. Le jeune docteur saluait cette raie d'ombre où respirait une jeunesse invisible. Le bourg s'intéressait à la cure par l'iode ; tous les tuberculeux du canton en usèrent. On assurait que le fils Pieuchon allait mieux. Le printemps fut précoce ; une tiède fin de mars désengourdissait le monde. Un soir, Noémi put se déshabiller la fenêtre ouverte. Elle s'y accouda, heureuse et triste, et sans désir de sommeil. Elle était devant la nuit qui, par un travail secret, « révélait[30] » ce visage d'homme dont elle avait subi l'impression.

Pour la première fois, elle y arrêta, de propos délibéré, sa pensée : puisque l'étranger la saluait chaque jour sans même l'apercevoir, ne serait-il plus convenable, le lendemain, de pousser les volets et de rendre le salut ? Ayant décidé d'agir ainsi, elle en éprouva une émotion si douce qu'elle retarda l'instant de s'étendre sur son lit. En elle, des traits un à un se détachèrent : les cheveux frisés et noirs entrevus dans la seconde où le jeune inconnu soulevait son chapeau, — le rouge épais des lèvres sous une moustache courte, — le costume de sport où luisait l'agrafe d'un stylo, — pas de cravate, mais une molle chemise de tussor ouverte.

Noémi, tout instinct, mais dressée à l'examen de conscience, fut vite mise en alerte : sa première alarme vint, pendant sa prière, de ce qu'il fallut recommencer chaque oraison : entre Dieu et elle, souriait une figure brune. Au lit, elle en fut obsédée et au réveil, encore toute brouillée de rêves, elle pensa d'abord qu'elle allait le revoir. Durant la messe de ce matin-là, les mains de Noémi ne quittèrent pas son visage. A l'heure de la sieste, lorsque le tilbury ralentit devant la maison Péloueyre, tous les volets du rez-de-chaussée étaient hermétiquement clos.

Ce fut alors que l'exilé reçut à Paris des lettres qui l'étonnèrent, celles où Noémi disait : « Je m'ennuie de toi... » En ce temps-là, elle attendait dans la pièce noire que le tilbury fût passé pour entrouvrir les volets et se mettre à l'ouvrage. Une après-midi, elle se répéta que le scrupule aussi est un péché : « Je me monte la tête », songeait-elle. Une fois pour toutes, elle se pencherait à la fenêtre, répondrait au salut de l'étranger. Elle crut entendre un bruit de roues et déjà sa main hésitait sur l'espagnolette, mais pour la première fois depuis deux semaines, le tilbury ne passa pas.

A l'heure où M. Jérôme prenait sa valériane, Noémi monta chez lui et ne put se défendre de l'avertir que le nouveau docteur n'était pas allé chez les Pieuchon. M. Jérôme le savait : le fils Pieuchon avait eu la veille une rechute et ne supportait plus l'iode. Il vomissait le sang à pleine cuvette, disait le curé. Le printemps est une saison dangereuse aux poitrinaires. On rapportait que le docteur Pieuchon avait eu des paroles très dures pour son confrère qui, sans doute, n'oserait plus reparaître dans le bourg. Noémi reçut un métayer, aida Cadette à plier la lessive. A six heures, elle alla faire son adoration ; puis, comme chaque jour, s'arrêta chez ses parents. Mais après le dîner, elle se plaignit de migraine et gagna sa chambre.

Elle mena une vie plus active ; ses couvées réussirent. Endimanchée, elle fit les visites annuelles que les dames du bourg échangent avec solennité. Enfin elle entreprit la tournée des métairies. Elle aimait les courses en carriole dans les chemins forestiers que défoncent les charrois. Aux côtés de la jeune femme, le petit-fils de Cadette conduisait le cheval. Les ajoncs tachaient de jaune les fourrés de fougères sèches. Aux chênes, les feuilles mortes frémissaient, résistaient encore à un souffle chaud du sud. L'exact miroir rond d'une lagune reflétait les fûts allongés des pins, et leurs cimes et l'azur. Aux troncs innombrables, de fraîches blessures saignaient et, brûlantes, embaumaient cette journée. Le chant du coucou rappelait d'autres printemps. Des cahots rejetaient le petit-fils de Cadette contre Noémi et ces deux enfants riaient. Le lendemain la jeune femme se plaignit de courbatures et le régisseur fut prié d'achever la tournée des métairies. Hors la messe, on ne la vit plus jusqu'à ce matin où revint Jean Péloueyre.

XII

Elle l'attendit à la gare : sa robe d'organdi
s'épanouissait au soleil. Elle portait des mitaines
de fil et, à son cou nu, un médaillon où étaient
peints deux amours luttant avec un bouc. Des
enfants jouaient à marcher sur un rail. Le petit
train siffla bien avant de paraître. Noémi voulait que son émotion fût de la joie. L'absence
ayant adouci dans son souvenir les traits de
Jean Péloueyre, elle avait comme recréé son
époux afin qu'il ne fût plus repoussant et ne
gardait de lui qu'une image insidieuse et retou-
chée. Tel était son désir de l'aimer, qu'elle se
crut impatiente d'embrasser ce Jean Péloueyre
irréel. Si autour de son doux corps épanoui, le
désir avait flotté, caressant en dépit d'elle
d'autres visages, Dieu savait que pas une fois
elle n'avait consenti même à une pensée trouble.
En revanche, elle ne doutait pas que cette

grâce lui dût être accordée de voir descendre du train un époux différent de celui dont, le cœur délivré, elle avait salué le départ.

Sur le marchepied d'un wagon de deuxième classe, Jean Péloueyre parut. Non, non, il n'était plus le même. Ses mains affaiblies soutenaient à peine une valise dont le petit-fils de Cadette lestement le débarrassa. Au bras de Noémi, il titubait un peu : « Mais tu es malade, pauvre Jean ! » Lui non plus, ne reconnaissait pas cette femme, tant elle avait bénéficié de son absence, — éclatante et fleurissante, et plus encore que naguère dans le parloir du curé, femelle merveilleuse en face du mâle rabougri. Autour du couple, on chuchotait. Jean Péloueyre avait honte à cause de la marchande de journaux, du chef de gare et du facteur. « J'aurais dû t'envoyer la voiture. Pourquoi ne m'as-tu pas écrit que tu étais malade ? » Noémi prépara le lit, lava le visage et les mains de Jean Péloueyre, étendit sur la table de chevet une nappe blanche, y disposa les revues qui s'étaient accumulées et qu'elle n'avait pas ouvertes. Jean, comme un enfant pauvre qu'on dorlote, l'épiait de ses vifs petits yeux. M. Jérôme ne voulut pas qu'on appelât le docteur Pieuchon : qu'un autre que lui dans la maison fût malade, c'était ce qui pouvait jeter ce doux hors des gonds. A peine son fils au lit, il se coucha lui aussi, prétendant souffrir de partout, et refusa avec de gros mots les soins de Cadette. Noémi vint le voir, non pour s'informer de sa santé, mais pour obtenir qu'il consentît à la visite du docteur. Il refusa net : Pieuchon ne quittait pas le chevet de son fils infesté de microbes. Si elle tenait à voir un carabin, elle ferait venir le « jeune homme à la teinture d'iode » ! Noémi détourna la tête, et dit que ce garçon ne lui inspirait aucune confiance ; ne soignait-il pas d'ailleurs tous les tuberculeux de l'arrondissement ? M. Jérôme la coupa d'un ton rogue, criant que c'était son dernier mot, et qu'il entendait qu'on ne l'importunât plus. Comme aux plus mauvais jours, il se coucha le nez au mur, poussa à intervalles réguliers d'effrayants soupirs et ces : « Ah ! Dieu ! Dieu ! » — qui autrefois éveillaient Jean dans le silence de la nuit.

Quand Noémi revint à sa chambre, la bonne y déployait un lit-cage. Jean Péloueyre dont on ne voyait, au centre du traversin, que les yeux brillants de rongeur, les pommettes trop rouges, le nez aigu, balbutia qu'il avait froid dans le grand lit, que toujours il avait préféré dormir à l'étroit, enfin qu'avant qu'un médecin l'ait ausculté, il jugeait imprudent de partager la couche de Noémi. Elle aurait voulu protester, feindre d'être déçue. Elle ne trouva aucun mot, et posa ses lèvres sur le front mouillé de Jean Péloueyre ; mais il détourna la tête, ne pouvant supporter la gratitude horrible de ce baiser. La journée ainsi passa calme et triste. Étendu dans sa muette province, il somnolait, ne s'éveillait qu'au tintement d'une petite cuiller contre une soucoupe. Bien qu'il ne fût pas très malade, Noémi le soutenait pendant qu'il buvait et il buvait à lentes gorgées pour sentir plus longtemps ce bras tiède contre son cou. Vint le crépuscule ; la cloche de l'église tinta. Ils entendirent dans la cour les hue ! dia ! du petit-fils de Cadette qui attelait. La porte fut entre-bâillée par M. Jérôme, les pieds nus dans des pantoufles, vêtu d'une robe de chambre souil-lée de remèdes. Honteux de sa colère, il venait se faire pardonner, et affectant de l'inquiétude, prétendit ne pouvoir attendre plus longtemps pour être rassuré : sur son ordre, le petit-fils de Cadette allait querir le jeune « médecin à la teinture d'iode ». Jean Péloueyre protesta ; il n'éprouvait rien qu'un peu de fatigue ; quelques jours de repos et il n'y paraîtrait plus ; le docteur ne comprendrait pas qu'on ait osé le déranger d'urgence...

Assise dans l'ombre, Noémi ne prononçait aucune parole, écoutait le bruit des roues décroître et, sans un tressaillement, sans un sanglot, pleurait. Une giboulée fouetta les vitres, hâta la venue de la nuit et aucun des époux ne demandait la lampe. Cadette vint enfin avec de la lumière et mit le couvert près du lit de Jean. Pendant qu'ils mangeaient, Noémi lui demanda si son travail d'histoire était achevé ; il secoua la tête et elle ne lui posa plus de questions. La carriole roula de nouveau dans la cour. Jean

Péloueyre dit : « Voilà le docteur. » Noémi se leva et se tint debout loin de la lampe. Elle écoutait comme un orage, s'approcher le grondement d'une voix, des pas dans l'escalier. Cadette ouvrit la porte ; il entra. Plus corpulent qu'il n'avait paru à Noémi, c'était ce que dans le pays des Péloueyre, on appelle un beau drôle. Noir de poil, mais le teint couleur de grenade, de ses longs yeux de mule andalouse, sans vergogne déjà il guettait ceux de Noémi, suivant la ligne de son corps avec une méthode lente. Lui aussi avait pensé à elle, lui aussi ! N'osant quitter la zone d'ombre, elle frémissait. Cependant il examinait le malade : « Voulez-vous déboutonner votre chemise ? Un mouchoir suffira, madame... Comptez trente et un, trente-deux, trente-trois... » La lampe éclairait ces clavicules, ces omoplates, ces côtes, — cette pitoyable misère... Non, l'état de M. Péloueyre n'offrait rien d'alarmant, mais il faudrait surveiller « ses sommets ». Il ordonna des fortifiants, des piqûres de cacodylate[31]. Parfois il regardait Noémi. N'allait-il pas croire qu'elle avait cherché à l'introduire dans la maison ? C'était si étrange d'obliger un médecin à faire six kilomètres en carriole, le soir, pour ausculter un affaibli ! Il ne s'en allait pas et de son accent lourd, se défendait d'avoir jamais prétendu guérir, avec son traitement d'iode, un tuberculeux aussi avancé que le fils Pieuchon. Sa voix traînante, sa voix campagnarde rendait un son mâle et grave. Noémi se

103

sentait épiée par des regards coulés sous des paupières couleur de safran ; mais lui ne voyait d'elle qu'un fantôme silencieux. Il en vint à dire que mieux valait prévenir la maladie, que M. Péloueyre était un terrain tout préparé et favorable aux bacilles : « Un terrain, dirais-je, tuberculisable. Feu Mme Péloueyre mourut phtisique, n'est-ce pas ? » Ce jargon allait mal à cette bouche fraîche, créée pour ne dispenser aucune autre science que des baisers. Il jugeait nécessaire qu'on suivît le malade. Ce disant, il quêtait une invitation à revenir. Comme Noémi demeurait muette, il se leva et demanda avec rondeur si M. Péloueyre souhaitait qu'il renouvelât ses visites, — ne serait-ce que pour lui administrer ses piqûres. « Qu'en penses-tu, Noémi ? » Comme elle ne répondait pas, Jean crut qu'elle ne l'avait pas entendu et répéta : « Dis, Noémi, faut-il que monsieur revienne ? » Elle prononça enfin : « C'est tout à fait inutile. » Le ton de ce refus était tel que Jean Péloueyre eut peur qu'elle ait froissé le médecin, et il protesta que « le docteur demeurait seul juge ». Le gros garçon, sans nul embarras, promit d'accourir au premier appel. Noémi alors prit la lampe et le précéda. Elle descendait vite, sentant ce souffle chaud sur sa nuque. La carriole attendait devant la porte. Le jeune homme y monta sans avoir obtenu un regard. Le petit-fils de Cadette fit claquer la langue. Une lanterne éclairait la croupe du cheval. Le vent nocturne éteignit la lampe que tenait haut la jeune femme et elle demeura ainsi dans la nuit, au seuil de cette maison morte, écoutant décroître un roulement de carriole. Elle ne dormit pas. Jean Péloueyre, dans le lit de fer, s'agitait, prononçait des paroles confuses. Noémi se releva pour le border, posa sa main sur son front sans l'éveiller, comme elle eût fait à l'enfant qui ne naîtrait jamais.

XIII

Jean Péloueyre, dès le surlendemain, reprit ses habitudes. Il sortait à pas de loup, pendant la sieste de son père, guettait les pies, et, après une station à l'église, rentrait le plus tard possible au gîte. Noémi déjà perdait de son éclat. Jean Péloueyre mesurait ce cerne autour des yeux si tristes et qui ne le regardaient qu'avec une humble douceur. Il avait espéré que son exil du lit nuptial suffirait pour que Noémi pût s'acclimater auprès de lui. Mais l'épouse luttait en désespérée contre son dégoût et cette lutte l'exténuait. Plusieurs fois elle appela Jean Péloueyre la nuit afin qu'il vînt près d'elle, et comme il faisait semblant de dormir, elle se levait, lui donnait des baisers — ces baisers qu'autrefois des lèvres de saints imposaient aux lépreux. Nul ne sait s'ils se réjouirent de sentir sur leurs ulcères ce souffle des bienheureux. Mais Jean Péloueyre, lui, en vint à s'arracher de ces embrassements et c'était lui qui avec horreur criait : « Laissez-moi. »

Les hauts murs des jardins s'échevelèrent de lilas sombres. Les crépuscules eurent l'odeur des seringas. Dans la lumière déclinante, les hannetons bourdonnaient. Au mois de Marie, le soir, après le chant des litanies, le curé disait : « On recommande à vos prières la réussite à des examens de plusieurs jeunes gens, le mariage de plusieurs jeunes filles, la conversion d'un père de famille, la santé d'un jeune homme en danger de mort... » Tous savaient qu'il s'agissait du fils Pieuchon au plus mal. Les lis de juin fleurirent. Noémi s'étonna de ce que Jean n'emportait plus de fusil dans ses promenades ; il dit que les pies le connaissaient trop et que les malignes ne se laissaient plus approcher. Elle craignait que ces courses fussent excessives car il n'en revenait plus, comme autrefois, la figure animée, — mais au contraire abattu et blême. Il prétendit alors que la chaleur le pâlissait. Une nuit, Noémi l'entendit à plusieurs reprises tousser. Elle l'appela à voix basse : « Tu dors, Jean ? » Il l'assura qu'il souffrait un peu de la gorge et que ce n'était rien ; mais elle devinait son effort pour retenir la toux qui, malgré lui, éclatait. Ayant allumé une bougie, elle vit qu'il était trempé de sueur. Elle le regardait avec angoisse. Les yeux clos, il paraissait attentif à un travail mystérieux en lui. Il sourit à sa femme, et Noémi fut bouleversée par ce sourire si tendre, si calme. Et il dit à mi-voix : « J'ai soif. »

Le lendemain matin, il n'avait pas de fièvre ; sa température était même trop basse. Noémi se rassura ; elle aurait voulu qu'il ne sortît pas après le déjeuner mais ne put le retenir. L'insistance de Noémi parut déplaire à Jean qui regardait sa montre comme s'il redoutait d'être en retard. M. Jérôme plaisanta : « Elle va croire que tu cours à un rendez-vous ! » Il ne répondit rien ; son pas hâtif retentit dans le vestibule. Un orage ternissait le ciel. On eût dit que le silence des oiseaux immobilisait les feuillages. Tout ce jour-là, dans l'embrasure de la fenêtre, au rez-de-chaussée, Noémi eut peur. A quatre heures la cloche de l'église tinta à petits coups espacés et la jeune femme se signa parce que quelqu'un entrait en agonie. Elle entendit sur la place une voix qui disait : « C'est pour le fils Pieuchon. Ce matin déjà il a failli passer. » De larges gouttes creusaient la poussière, lui arrachaient son odeur des soirs d'orage. Son beau-père dormant encore, Noémi alla à la cuisine pour parler de Robert Pieuchon avec Cadette. La vieille qui était sourde n'avait pas entendu le glas. Elle dit qu'on aurait des renseignements par « Moussu Jean ». Et comme Noémi s'étonnait, Cadette soupira, larmoya : « Elle pensait bien que "la mistresse" ne le savait pas : sans quoi elle aurait empêché "lou praou moussu³²", faible comme il était, de passer toutes ses après-midi avec le fils Pieuchon ; et depuis plus d'un mois déjà ! Il avait défendu à sa vieille Cadette d'en rien dire à personne. » Noémi feignit de n'être pas surprise. Elle sortit ; il ne pleuvait plus ; un vent poussiéreux bousculait de lourdes nues.

Elle alla vers la maison du docteur dont la mort avait déjà clos tous les volets. Jean Péloueyre parut sur le seuil : il clignait ses yeux éblouis, bien que le jour fût comme terni, et n'aperçut pas sa femme. La face terreuse, hors du monde, il allait d'instinct vers l'église, où il entra. Noémi le suivait de loin. L'humide fraîcheur de la nef la saisit, — ce froid de terre, ce froid de fosse fraîchement ouverte qui étreint les corps vivants dans les églises que le temps enfonce peu à peu et où l'on accède en descendant des marches. Cette toux dont le bruit l'avait éveillée la nuit précédente, de nouveau Noémi l'entendit, mais, cette fois, répercutée à l'infini par les voûtes.

XIV

Jean Péloueyre avait demandé qu'on descen-
dît son lit dans une chambre du rez-de-chaussée, qui ouvrait sur le jardin. Quand il étouffait,
on poussait sous la véranda le lit de fer et il
regardait le vent rétrécir ou dilater le bleu
entre les feuilles. On avait fait venir une sor-
betière parce qu'il n'avalait guère, hors le lait
cru et froid, qu'un peu de glace parfumée. Son
père venait le voir, lui souriait, mais de loin.
Peut-être Jean eût-il préféré les ténèbres de la
chambre pour y cacher son agonie, mais il
avait choisi de mourir au jardin afin que Noémi
fût moins exposée à la contagion. Des piqûres
de morphine l'assoupissaient. Repos ! Repos
après ces horribles après-midi au chevet du fils
Pieuchon criant de désespoir à cause de ce
qu'il quittait à jamais : des soirs de noce à
Bordeaux, les danses dans des cabarets de

111

banlieue autour d'un orgue mécanique, les randonnées en bicyclette, lorsque la poussière se colle à de maigres cuisses velues et qu'on se crève, et surtout les caresses des filles. Les Cazenave répandirent partout le bruit que l'avarice de M. Jérôme interdisait à son fils le bienfait des climats plus doux et les cures d'altitude. Mais, outre que Jean n'était pas homme à mourir hors du gîte, le docteur Pieuchon professait que contre la tuberculose, rien ne vaut la forêt landaise : il tapissa même de jeunes pins la chambre du malade comme pour une Fête-Dieu[33] et entoura le lit de pots débordants de résine. A bout de science enfin, il fit appeler son jeune confrère, bien qu'il fût dès lors avéré que Jean Péloueyre ne tolérerait plus l'iode « à dose massive ». Noémi accueillit le beau garçon avec une indifférence qui n'alla pas jusqu'à ignorer qu'il pâlissait sous son regard ou lorsque leurs mains se touchaient. A chaque rencontre elle savourait cette certitude que rien ne lui était plus au monde que ce gisant — son époux. Mais il se peut aussi qu'au plus obscur de son cœur, elle sentît le jeune mâle solidement harponné et qu'elle ne fût si tranquille que parce qu'elle était assurée de le tirer sur la berge, un jour, vivant et palpitant... Jean Péloueyre défendait à Noémi de l'embrasser, mais il acceptait l'imposition de sa main fraîche sur son front. Croyait-il maintenant qu'elle l'aimait ? Il le croyait et disait : « Soyez béni à jamais, mon Dieu, qui, avant que je

112

meure, m'avez donné l'amour d'une femme... »
Et comme autrefois dans ses courses solitaires
il ruminait indéfiniment le même vers, aujour-
d'hui, quand il se sentait las de son chapelet et
pendant que Noémi tenait son poignet, comptant
les pulsations, il répétait à mi-voix le cri de
Pauline : « Mon Polyeucte touche à son heure
dernière[34] », et souriait. Non qu'il se crût un
martyr. Toujours on avait dit de lui : « C'est un
pauvre être. » Et jamais il n'avait douté qu'il
en fût un. Le regard en arrière sur l'eau grise
de sa vie l'entretenait dans le mépris de soi.
Quelle stagnation ! Mais sous ces eaux dor-
mantes avait frémi un secret courant d'eau
vive, et voici qu'ayant vécu comme un mort, il
mourait comme s'il renaissait.

Un soir, le curé et le docteur Pieuchon
s'étant attardés dans le vestibule, Noémi les
rejoignit et amèrement leur demanda compte
de leur silence : pourquoi ne l'avaient-ils pas
avertie des stations quotidiennes de Jean au
chevet d'un phtisique ? Le docteur baissait la
tête, s'excusait sur ce qu'il ne connaissait pas
l'état de M. Jean. D'une charité sans borne,
comment se serait-il étonné d'un dévouement
qu'il pratiquait lui-même et dont son fils était
le bénéficiaire ? Le curé se défendit plus vivement : Jean Péloueyre avait exigé le silence ;
envers ses dirigés, un directeur doit pousser la
discrétion jusqu'au scrupule : « Mais c'est vous,
monsieur le curé, c'est vous qui avez voulu ce

fatal voyage à Paris. — ... Moi seul, Noémi ? »
Elle s'appuya contre le mur, élargissant du
doigt une éraflure dans le plâtre peint en faux
marbre. On entendait tousser dans la chambre.
Les savates de Cadette traînèrent. Le curé dit
encore : « J'ai agi après avoir prié, Noémi. Il
faut adorer les voies de Dieu. » Il enfila sa
douillette. Mais, dans le secret, il était la proie
de sentiments contraires, et, au long de ses
insomnies, pleurait sur Jean Péloueyre ; en
vain se répétait-il que le malade avait testé en
faveur de Noémi, et que c'était l'intention de
M. Jérôme, après la mort du pauvre enfant, de
donner la maison et le plus possible de son
bien à la jeune femme, — à condition qu'elle
ne se remariât pas. Le curé, homme scrupuleux
mais trop enclin à entrer dans le destin des
autres, interrogeait son cœur. Il n'avait pas
douté que ce mariage dût être heureux — et
sub specie aeterni[35], n'en fallait-il admirer la
réussite ? Quel était son gain en cette affaire ?
Bon pasteur, il n'avait eu souci que de son
troupeau. Le curé, chaque fois qu'il se jugeait,
se renvoyait absous, mais ne se lassait pas de
rouvrir son procès. Il redoutait d'avoir perdu
le discernement de l'injuste et du juste, et n'en
revenait pas d'hésiter sur la valeur de ses actes.
Humilié, il pontifia moins : pour célébrer sa
messe quotidienne, il ne défit plus la queue de
sa soutane et renonça au chapeau tricorne qui
le distinguait de ses confrères. Toutes ses peti-
tesses, une à une, se détachaient de lui. Il reçut

sans joie la nouvelle que, bien qu'il ne fût pas curé-doyen, l'évêché lui octroyait le droit de porter le camail sur son surplis. Comment avait-il pu tenir à ces misères, lui, le gardien des âmes ? Rien ne lui était plus, à cette heure, que de démêler sa part dans ce drame : avait-il été l'instrument docile de Dieu ou le pauvre curé de campagne s'était-il substitué à l'Être infini ?

Cependant, chaque soir, sur la route gelée, une carriole emportait le jeune docteur. A travers les cimes serrées des pins, le clair de lune filtrait, mal retenu par les branches jointes. Les têtes rondes et sombres planaient dans le ciel comme un vol immobile. Plusieurs fois, à quelque cent mètres du cheval, de courtes ombres de sangliers, d'un talus à l'autre, traversèrent. Les pins s'écartaient autour d'un nuage au ras du sol qui recelait une prairie. La route fléchissait et l'on entrait dans l'haleine glacée d'un ruisseau. Le jeune homme, sous sa peau de bique, isolé dans l'odeur du brouillard et de sa pipe, ne savait pas qu'il y eût, au-dessus des pins, les astres. Son nez ne se levait pas plus de la croûte terrestre que le museau d'un chien. Et quand il ne songeait pas au feu de la cuisine où tout à l'heure il se sécherait, et à la soupe dans quoi il verserait du vin, sa pensée s'attachait à cette Noémi si proche de sa main et qu'il n'avait jamais touchée. « Pourtant, se disait ce chasseur, je ne l'ai pas ratée ; elle est blessée... » Son instinct l'avertissait quand le gibier féminin était forcé, demandait grâce. Il avait entendu le cri de ce jeune corps. Combien en avait-il possédé de femmes, défendues, mariées à des hommes et non à un débris comme ce Péloueyre ! Atteinte et plus qu'une autre démunie, cette Noémi serait-elle seule inaccessible ? Tant que durerait l'agonie du mari, sans doute obéissait-elle à une pudeur ; mais avant que son époux fût très malade, qui donc avait retenu cette perdrix à demi fascinée ? Quel aimant plus fort l'attirait dans l'ombre, loin de la lampe ? Un autre amour ? Il ne croyait pas qu'elle fût dévote ; cette espèce-là, le jeune docteur pensait la bien connaître : il avait dû déjà se mesurer avec le curé pour la conquête d'une ouaille. La dévote joue, se passe un péché véniel, tourne autour du feu, se brûle un pied, et à la dernière seconde glisse entre les doigts, comme ramenée, par un fil invisible, au confessionnal. Il fit des plans pour quand Jean Péloueyre aurait « clampsé ». Il se disait : « Je l'aurai. » Et il riait, possédant la patience du Landais qui chasse à l'affût.

Vers ce temps-là, les personnes pieuses du bourg qui, au milieu du jour, entraient à l'église et s'y croyaient seules, tressaillaient au bruit d'un soupir dans le chœur : presque tous ses instants de liberté, le curé les vivait dans cette ombre, devant son juge. Là seulement il goûtait la paix, non pas celle que dispensent les églises de campagne ténébreuses et comme immergées, mais cette paix que rien au monde ne donne. Le prêtre concevait qu'il y avait loin du petit être chétif, de ce Jean Péloueyre à peine capable, aux veilles de grandes fêtes, de frotter les cristaux des lustres et de ramasser les longues mousses dont les dames faisaient des guirlandes, — qu'il y avait loin du tueur de pies à ce mourant qui donnait sa vie pour le salut de plusieurs.

XV

Pour Jean Péloueyre suffoquant, l'été s'était
adouci. En septembre, de fréquents orages
roussirent les feuilles. Le petit-fils de Cadette
portait au malade les premiers cèpes, le dis-
trayait avec les ortolans capturés au petit jour :
il les engraisserait dans le noir et les servirait
à moussu Jean après les avoir noyés vivants
dans un vieil armagnac. Des vols de ramiers
présageaient un hiver précoce : bientôt on
monterait les appeaux à la palombière... Toujours Jean Péloueyre avait aimé l'approche de
l'arrière-saison, cet accord secret avec son
cœur des champs de millade moissonnés, des
landes fauves connues des seules palombes,
des troupeaux et du vent. Il reconnaissait
quand, à l'aube, on ouvrait la fenêtre pour

qu'il respirât mieux, le parfum de ses tristes retours de chasse aux crépuscules d'octobre. Mais il ne lui fut pas donné d'attendre en paix le passage : Noémi ne savait pas que l'on doit le silence aux mourants ; et de même qu'autrefois elle n'avait pu lui celer son dégoût, elle ne savait aujourd'hui lui faire grâce de ses remords. Elle mouillait de larmes sa main, insatiable de pardon. Vainement lui disait-il : « C'est moi seul qui t'ai choisie, Noémi... moi seul qui n'ai pas eu souci de toi... » Elle secouait la tête, ne voyait rien, hors ceci que Jean mourait pour elle : qu'il était noble et grand ! qu'elle l'aimerait s'il guérissait ! Elle lui rendrait au centuple cette tendresse dont elle fut si avare. Comment Noémi aurait-elle su que d'un Jean Péloueyre à peine convalescent, elle eût déjà commencé de se déprendre, et qu'il fallait qu'il touchât à son heure dernière pour qu'enfin elle le pût aimer ? C'était une très jeune femme ignorante et charnelle et qui ne connaissait pas son cœur. Gauchement, elle exigeait du moribond le mot qui l'eût délivrée de son remords. Après de tels débats, il perdait cœur, et souhaitait de ne pas demeurer seul avec elle ; il l'eût été souvent (car M. Jérôme était cloué au lit par tous ses maux conjurés) ; mais que le jeune docteur montrait donc de dévouement ! Jean Péloueyre s'étonnait de l'étrange fidélité d'un inconnu. Incapable de soutenir une conversation, du moins il jouissait de cette présence.

Une après-midi, à la fin de septembre, il s'éveilla d'une longue somnolence et aperçut, dans un fauteuil, près de la fenêtre, Noémi, la tête renversée par le sommeil, écouta ce souffle d'enfant calme, referma les yeux. Au bruit de la porte, il les rouvrit : le docteur entrait doucement ; Jean fut lâche devant l'effort d'une seule parole d'accueil et feignit de dormir. Les souliers de chasse du jeune homme craquèrent. Puis plus rien : un silence qui incita Jean Péloueyre à voir. L'ami inconnu, près de la jeune femme assoupie, se tenait debout. Non pas d'abord incliné vers elle, imperceptiblement il se pencha, et sa forte main velue tremblait... Jean Péloueyre ferma les yeux, entendit la voix basse de Noémi : « Ah ! pardonnez-moi, docteur ; je dormais un peu, je crois... Notre malade est abattu aujourd'hui... Le temps est si accablant ! Voyez : les feuilles ne remuent pas... » Le docteur répondit que pourtant le vent soufflait du sud-ouest ; et Noémi : « Le vent d'Espagne nous portera l'orage... » L'orage, c'était ce garçon pâle et furieux de désir et de qui les yeux paraissaient « chargés » comme le ciel. Noémi se leva, vint vers Jean, et mit ce lit de fer entre elle et l'homme qui la couvait du regard. Il balbutia : « Il faudrait vous ménager, madame, dans son intérêt même. — Oh ! moi, je résiste à tout ; je trouve la force de manger et de dormir comme une bête... Comment font ceux qui meurent de chagrin ? » Ils s'assirent loin l'un de l'autre. Jean Péloueyre semblait sommeiller toujours et sans remuer les lèvres, se chantait à lui-même, en marquant la césure : « Mon Péloueyre touche à son heure dernière... »

Comme si l'arrière-saison l'eût retenu dans un embrassement, dans ses voiles et dans son odeur de larmes, il étouffa moins, se nourrit un peu : ce furent pourtant ses jours de plus grande souffrance. Au bord de la mort, mais vivant, s'il ne doutait pas de Noémi, — lorsqu'il entrerait dans la ténèbre, avec quoi se défendrait-il contre ce jeune homme qui était beau ? L'ombre misérable d'un mort ne sépare pas ceux qui furent prédestinés à s'aimer. Rien ne parut de ses affres ; il serrait la main du docteur, lui souriait. Ah ! qu'il aurait voulu vivre pourtant afin de le vaincre et d'être préféré ! Quelle sombre folie lui avait donc inspiré le désir de la mort ? Même sans Noémi, même sans femme, il fait si bon boire l'air et la caresse du vent de l'aube l'emporte sur toutes caresses... Trempé de sueur, et dans le dégoût de son odeur de malade, il regardait le petit-fils de Cadette qui, par la fenêtre ouverte, lui tendait la première bécasse de la saison... O matinées de chasse ! Béatitude des pins aux cimes ternes et grises dans l'azur, pareils aux humbles qui seront glorifiés[36] ! Alors, au plus épais de la forêt, une coulée verte d'herbages, d'aulnes et de brume dénonçait l'eau vive que l'alios colore d'ocre. Les pins de Jean Péloueyre forment le front de l'immense armée qui saigne entre l'Océan et les Pyrénées ; ils dominent Sauternes et la vallée brûlante où le soleil est réellement présent dans chaque grain de chaque grappe... Avec le temps, Jean Péloueyre eût été moins soucieux de son corps parce que toute laideur comme toute beauté se perd dans la vieillesse ; et il aurait eu cela, du moins, les retours de la chasse, les champignons ramassés. Les étés d'autrefois brûlent dans les bouteilles d'yquem et les couchants des années finies rougissent le gruaud-larose[37]. On lit devant le grand feu de la cuisine, entouré de landes pluvieuses... Cependant Noémi disait au docteur : « Ce n'est pas la peine que vous reveniez demain... » Il répondait : « Si ! Si ! Je reviendrai... » Noémi comprenait-elle ? Se pouvait-il qu'elle ne comprît pas ? S'était-il jamais déclaré ? Jean Péloueyre mourrait-il sans voir l'issue de cette lutte à son chevet ? On eût dit que quelqu'un ayant connu que le pauvre enfant se détachait du monde sans souffrir assez, à la hâte tressait des liens tels qu'il ne les pût briser qu'en un immense effort. Pourtant, un à un, tous se rompirent jusqu'à sa rechute dernière : ses passions s'éteignirent avant lui et vint le jour où il put donner à tous le même sourire, la même gratitude sans nuance. Ce n'étaient plus des vers qu'il répétait, mais des paroles comme celles-ci : « C'est moi. Ne craignez point[38]... »

Les pluies de l'hiver finissant enserrèrent la chambre ténébreuse. Pourquoi se demandait-on si Jean Péloueyre souffrait, puisque sa souffrance était une joie ? De la vie, il ne percevait plus que les chants des coqs, des cahots de charrette, des appels de cloche, ce ruissellement indéfini sur les tuiles, et, la nuit, des sanglots de rapaces, des cris de bêtes assassinées. Sa dernière aube toucha les vitres. Cadette alluma un feu dont la fumée résineuse emplit la chambre. Cette haleine des pins incendiés que si souvent, dans les étés torrides, la lande natale lui souffla au visage, Jean Péloueyre la reçut sur son corps expirant. Les d'Artiailh prétendaient savoir qu'il entendait encore mais qu'il ne voyait plus. M. Jérôme, en sa robe souillée de remèdes, était debout contre la porte, un mouchoir sur la bouche. Il pleurait. Cadette et son petit-fils s'agenouillèrent dans l'ombre. La voix du prêtre, avec des paroles propitiatoires, semblait forcer des vantaux invisibles : « Partez de ce monde, âme chrétienne, au nom de Dieu le Père tout-puissant, qui vous a créée ; au nom de Jésus-Christ, Fils du Dieu vivant qui a souffert pour vous ; au nom de l'Esprit Saint qui est descendu sur vous ; au nom des Anges et des Archanges ; au nom des Trônes et des Dominations ; au nom des Principautés et des Puissances[39]. » Noémi le contemplait ardemment, se disant en elle-même : « Il était beau... » Les gens du bourg confondirent le glas de son agonie avec l'angélus du matin.

XVI

M. Jérôme se coucha. Les miroirs où si
souvent Jean Péloueyre avait contemplé sa
pauvre mine, furent voilés de linge. On habilla
son corps comme pour la grand-messe : Cadette
le coiffa même d'un feutre et lui mit un
paroissien entre les mains. La cuisine se rem-
plit d'une rumeur de fête parce qu'il y aurait
quarante personnes à la salle à manger. Des
métayères hurlèrent autour du char, pareilles
aux antiques pleureuses. C'était la première
fois que le curé « faisait » une seconde classe[40].
On distribua une paire de gants et un sou
enveloppé de papier à tous les invités. Il plut
pendant le service, mais une éclaircie dura
jusqu'au retour du cimetière. Jean Péloueyre
attendit dans la terre la résurrection des morts,
dans ce sable sec et qui momifie et embaume
les cadavres ; Noémi Péloueyre s'ensevelit dans

le crêpe pour trois ans. Son grand deuil la rendit, à la lettre, invisible. Elle ne sortait qu'à l'heure de la messe et s'assurait, avant de traverser la place, qu'il n'y eût personne. Même quand vinrent les premières chaleurs, un col liséré de blanc serra son cou. Certaines critiques l'obligèrent à refuser une robe d'un noir trop soyeux, trop brillant. Vers ce temps-là le bruit se répandit de la conversion du jeune docteur : on le signala à la messe, dans la semaine. Il y paraissait entre deux visites. Le curé, si on sollicitait son avis sur un événement si consolant pour un pasteur, souriait de sa bouche sans lèvres et comme cousue, mais ne disait mot. Peut-être avait-il perdu de son autorité et de sa force de persuasion, car il ne put obtenir de M. Jérôme que la clause fût effacée de ses dernières volontés qui obligeait Noémi à ne pas se remarier. Il échoua de même lorsqu'il insista pour adoucir les rigueurs d'un deuil dont il blâmait l'excès. M. Jérôme se glorifiait d'appartenir à une famille où les veuves ne quittaient jamais le noir et les d'Artiailh montrèrent beaucoup de zèle à maintenir Noémi dans cet ensevelissement. C'est pourquoi, en ces aubes d'hiver où l'église est si sombre, le jeune docteur ne discernait pas plus la veuve en son ténébreux nuage qu'elle-même ne voyait son époux à travers la dalle scellée que touchaient chaque jour ses genoux. A peine entrevit-il, parfois, la clarté d'un visage brillant de jeunesse en dépit du jeûne des matins de communion et d'une vie cloîtrée. Au lendemain de la messe d'anniversaire, lorsqu'il fut connu de tout le bourg que Noémi Péloueyre ne rejetterait pas son voile, les sentiments chrétiens du docteur fléchirent. Il ne négligea pas que l'église, mais aussi ses malades. Le vieux Pieuchon avait entendu dire de son jeune confrère qu'il buvait, et même qu'il se levait la nuit pour boire. M. Jérôme ne s'était jamais si bien porté et sa bru connut des loisirs ; elle s'occupait du domaine, mais les pins n'exigent guère de surveillance. Sa piété solide, régulière, était courte et peu soutenue de lectures. A peine capable de méditation, elle s'attachait surtout aux formules. Comme il n'est guère de pauvres au pays de la résine, et qu'on a tôt fait de grouper, une fois dans la semaine, autour d'un harmonium, le troupeau bêlant des enfants de Marie, que restait-il à Noémi, sinon, selon l'usage des Landaises, de se divertir sans excès avec la nourriture ? Dès la troisième année de son deuil, Noémi épaissit et le docteur Pieuchon dut lui ordonner de marcher une heure chaque jour.

Une après-midi à l'époque des premières chaleurs, elle alla jusqu'à la métairie nommée Tartehume[41], et, accablée, se laissa choir sur le talus. Autour d'elle, les genêts bourdonnaient d'abeilles, et des taons, des mouches plates, sorties des brandes, piquaient ses chevilles. Noémi sentait battre son cœur comprimé de personne forte, et ne pensait à rien qu'à cette poussiéreuse route qu'une récente coupe de pins livrait tout entière au feu du ciel et où, pour le retour, elle devrait parcourir encore trois kilomètres. Elle éprouvait que les pins innombrables, aux entailles rouges et gluantes, que les sables et les landes incendiées la garderaient à jamais prisonnière. En cette femme inculte et sans intelligence s'éveillait le débat qui avait déchiré Jean Péloueyre : n'était-ce pas cette terre de cendre, cette vie érémitique qui obligeait une malheureuse mourant de soif à hausser la tête, à se tendre toute vers le rafraîchissement éternel ? Elle essuyait avec son mouchoir bordé de noir ses mains moites et ne regardait rien que ses souliers poudreux et le fossé où des fougères naissantes s'ouvraient comme des doigts. Pourtant elle leva les yeux, reçut au visage cette odeur de pain de seigle qui était l'haleine de la métairie, et brusquement fut debout, tremblante : un tilbury qu'elle reconnut était arrêté devant la maison. Que de fois, entre les volets rapprochés d'une fenêtre, avait-elle regardé luire ces essieux avec plus d'amour que des étoiles ! Elle secoua sa robe pleine de sable ; — des charrois cahotaient ; un geai cria ; Noémi, dans un nuage de mouches plates, demeurait immobile, les yeux sur cette porte qu'un jeune homme allait ouvrir. Bouche bée et la gorge gonflée, elle attendait, elle attendait — humble bête soumise. Lorsque s'entrebâilla la porte de la métairie, ses regards fouillèrent l'ombre où se mouvait un corps ; une voix familière ordonnait en patois d'énormes doses de teinture d'iode... Il parut : le soleil alluma chaque bouton de sa veste de chasse ; le métayer tint le cheval par la bride ; il disait qu'on était à la saison la plus dangereuse pour les incendies : tout est encore sec, rien ne verdit sous bois et les landes ne sont plus inondées... Le jeune homme rassembla les rênes. Pourquoi Noémi reculait-elle ? Une force suspendait son élan vers celui qui s'avançait, la tirait en arrière. Elle s'enfonça dans les brandes plus hautes qu'elle ; les ronces écorchaient ses mains. Un instant elle s'arrêta, attentive à un roulement de voiture sur la route qu'elle ne voyait plus. Sans doute, fuyant ainsi, songeait-elle que le bourg n'accepterait pas sans cris qu'elle déchût de son rang de veuve admirable, et qu'une clause du testament de M. Jérôme empêcherait toujours les d'Artiailh de consentir à ce que Mme d'Artiailh appelait « un bête de mariage ». Mais de tels obstacles, l'instinct de Noémi ne les eût-il balayés, si ne l'avait pas jugulée une autre loi plus haute que son instinct ? Petite, elle était condamnée à la grandeur ; esclave, il fallait qu'elle régnât[42]. Cette bourgeoise un peu épaisse ne pouvait pas ne pas se dépasser elle-même : toute route lui était fermée, hors le renoncement. Dès cette minute-là, dans la pignada[43] pleine de mouches, elle connut que sa fidélité au mort serait son humble gloire et qu'il ne lui appartenait plus de s'y soustraire. Ainsi courut Noémi à travers les brandes, jusqu'à ce qu'épuisée, les souliers lourds de sable, elle dût enserrer un chêne rabougri sous la bure de ses feuilles mortes mais toutes frémissantes d'un souffle de feu, — un chêne noir qui ressemblait à Jean Péloueyre.

La Motte, Vémars, juillet,
Johannet, Saint-Symphorien,
septembre 1921[44].

Le dernier chapitre
du
Baiser au lépreux

La petite Filhot[45] cria :

« Madame Péloueyre, ce n'est pas la route de Sore[46], c'est la route d'Hourtinat... »

Noémi, soufflante, rejoignit les « bérets blancs » du patronage. Ses souliers étaient pleins de sable ; des cernes humides salissaient sa blouse de soie violette. Comment avait-elle pu se perdre dans ces bois où, naguère, elle se fût dirigée en pleine nuit ? Ce n'était pas qu'elle eût perdu la mémoire : la forêt elle-même avait disparu. Depuis la guerre, les marchands de pins exploitaient le pays ; des landes rases s'étendaient là où s'étaient dressés, autrefois, les pins centenaires. Le ruisseau dont il paraissait difficile, quand Noémi était enfant, de longer la rive et qui, au plus épais de la forêt, se frayait une route à travers les taillis et les aulnes, frissonnait maintenant, comme un corps dévêtu, au milieu d'un champ de bataille où les troncs des arbres coupés saignaient encore.

Les petites riaient de sa déconvenue et déjà couraient sur la route, — cette route d'Hourtinat, si longtemps prise entre deux sombres armées de pins, et qui, aujourd'hui, offrait au soleil couchant ses vieilles ornières où l'eau de pluie ne s'accumulerait plus.

Noémi, malgré sa fatigue, hâtait le pas. Elle craignait que les parents ne fussent inquiets ; la nuit arrive vite, au déclin de septembre. Mais elle se réjouissait de traverser le bourg au moment où les gens désertent le seuil des portes et se réunissent autour de la soupe. Elle n'aimait pas à faire étalage de son dévouement. Elle avait horreur de s'entendre répéter :

« Vous qui pourriez rester tranquillement chez vous ! On peut dire que vous avez de la bonté de reste... Pour la reconnaissance qu'on vous en aura... »

Ah ! surtout, qu'elle puisse éviter Mme Larue[47], la mercière au nez de musaraigne, qui ne manque jamais de lui glisser, du ton d'une personne qui s'y connaît :

« Quand je le dis, c'est que je le sais : madame Noémi, vous êtes une sainte... »

Une sainte ! Oui, à son âge, avec sa corpulence, c'est dur, pour une femme qui déteste la marche et que les enfants assomment, de se charger des petites filles, le dimanche après-midi. Mais le médecin lui répète :

« Madame Péloueyre, si vous ne prenez pas d'exercice, vous deviendrez énorme. Votre cœur est déjà gêné par la graisse. »

Noémi trouverait-elle le courage de faire ces promenades éreintantes si elle n'avait envie de maigrir ? Sans compter ce qu'elle ose à peine s'avouer : à mesure qu'elle approche du bourg, elle imagine la colère de son beau-père, M. Jérôme. Elle trouve peut-être moins de plaisir à passer tout une après-midi loin du malade, qu'à se représenter l'irritation que cet après-midi solitaire a dû entretenir en lui.

« Mon retard d'aujourd'hui a dû le mettre dans un état ! »

Tout de même, elle allonge le pas : ces colères sont dangereuses et il ne faut pas que M. Jérôme se congestionne... Noémi secoue la tête comme une vieille jument que les mouches harcèlent. Mais la pensée qu'elle veut chasser, mouche acharnée, revient, s'impose ; la pensée défendue qu'il est si doux de retenir, de caresser... Eh bien, quoi ? Se représenter la mort du vieux Péloueyre, ce n'est pas la désirer...

« Je ne désire pas sa mort, je m'amuse à imaginer le changement de ma vie lorsqu'il ne sera plus là... Finies les lectures à haute voix. Plus de crachoirs ni de cuvettes à vider. Et les flanelles chaudes, les frictions... »

Ne plus avoir ça dans sa vie. Être maîtresse de tout. Évidemment, la fortune n'est plus ce qu'elle était. Il aura eu toutes les bonnes années. Les choses vont de mal en pis. Le dernier cours de la résine..., quelle misère ! Sans doute, il a placé l'argent des pins qu'il a coupés... Mais qu'est-ce que ça vaut, maintenant, ces titres ? N'importe ! Il en restera assez pour Noémi. On voyage à bon compte, maintenant. Elle sortira de ce trou, elle se l'est promis. A moins qu'elle ne soit trop vieille... Est-ce que son beau-père peut durer longtemps ? Artériosclérose. Et surtout le ralentissement du cœur. Le médecin lui dit :

« Un ouvrier, avec ce que vous avez, ne durerait pas six mois. Mais vous, en ne faisant aucun effort, vous en avez pour des années. Mais, surtout, ne soulevez rien, pas même votre pot... »

Dieu sait qu'il s'y entend, à ne faire aucun effort...

« Oh ! mon Dieu ! à quoi j'arrête ma pensée ! Ce n'est pas que je désire sa mort ! Mais si ! Je la désire. Ce n'est pas que je le haïsse ! Est-ce que c'est cela, la haine ? »

Son sang courait plus vite ; elle se roulait, elle se vautrait dans la pensée mauvaise : ce n'était plus la peine de s'en priver, maintenant ; le mal était fait.

Déjà apparaissaient, au tournant de la route, des maisons basses, que le repas du soir faisait fumer. Le reflet d'une lampe éclairait les zinnias devant la porte. L'haleine du village sentait le pain chaud et le bois brûlé. Une carriole les dépassa :

« Eh bien, madame Noémi, toujours dévouée ? »

Elle fit ranger les enfants sur le bord de la route. A l'entrée du bourg, le patronage commença de se disperser. Quand la dernière petite fille eut disparu en courant dans une ruelle, Noémi traversa la place.

Une lumière brillait derrière la vitre du salon. Cadette la guettait, devant la porte, le tablier blanc tendu sur le ventre. Dès qu'elle aperçut Noémi, elle rentra vivement pour rassurer son maître.

« Hé bé ! Madame, il se fait du sang ! »

Noémi enleva son chapeau sans hâte. Qu'il faisait froid dans ce grand vestibule carrelé ! Elle s'enveloppa d'un châle et pénétra dans le petit salon. M. Jérôme, assis près du feu, lui cria :

« Vous êtes folle ? Et mes gouttes que je devais prendre à six heures !

— Cadette ne vous les a pas données ?

— Elle n'a pas trouvé le flacon... Elle ne sait pas lire... »

Mais s'il n'y avait eu que ça ! Il s'était fait du mauvais sang et, maintenant, il se sentait oppressé comme il ne l'avait pas été depuis sa dernière crise.

Il enleva sa calotte d'un geste irrité et Noémi détourna les yeux du crâne bosselé. Mais elle ne pouvait pas ne pas voir ces genoux pointus et serrés, ce pantalon qui faisait des plis comme s'il eût recouvert un squelette. Elle se leva pour mettre une autre robe et se laver les mains. En traversant la cuisine, elle demanda à Cadette s'il restait du civet de ce matin.

« Faites-le réchauffer.

— Mais Madame sait bien que, pour M. Jérôme, il ne faut pas de viande le soir, surtout pas de sauce...

— Eh bien, il n'en mangera pas.

— Mais Madame sait bien qu'il ne veut pas que Madame en mange devant lui... Parce qu'alors il ne résiste pas. »

Noémi rougit de colère et insista pour que Cadette fît réchauffer le civet.

« Je ne vais tout de même pas me laisser mourir de faim. »

Elle laissa Cadette interdite, gagna sa chambre. Tandis qu'elle changeait de corsage, la photographie agrandie de Jean Péloueyre, suspendue entre les deux fenêtres, la regardait. Elle se sentait lasse et, cependant, pleine d'une force inaccoutumée. Lorsqu'elle retrouva son beau-père, il était assis à la même place, à gauche de la cheminée. Il respirait mal. Noémi, qui l'observait depuis des années, vit d'abord qu'il exagérait son essoufflement. Elle feignit de ne pas le remarquer et le vieux se mit à haleter plus fort. Elle prit son tricot, fit quelques mailles, s'interrompit :

« Ah ! mon Dieu ! est-ce que je deviens folle ? C'est dimanche... »

Elle chercha, dans *L'Écho de Paris*, les mots croisés-énigmes[48]. M. Jérôme soufflait de plus en plus et Noémi semblait l'entendre de moins en moins. Le vieux toussa.

« Il se force », pensa Noémi.

Et à haute voix :

« "2 horizontal : *Sur nos côtes, est blanc ou gris...*" Qu'est-ce que ça peut être, père ? *Sel*, sans doute ? Non, ça ne va pas !

— Je ne peux pas parler, vous le voyez bien...

— Mais non, vous avez très bonne mine ! Ah ! j'y suis, c'est : "*Nez. Cap Blanc-Nez, Gris-Nez...*" »

M. Jérôme balbutiait :

« Bonne mine ? Bonne mine ? Vous êtes folle, ma fille ! Je ne vous reproche rien : à force de me voir souffrir, vous n'y êtes plus sensible. On s'habitue à la souffrance des autres. Vous n'avez pas songé, cette après-midi, qu'une émotion peut me tuer. Oui, votre retard pouvait me tuer ! Vous entendez, Noémi : me tuer. »

Elle laissa glisser le journal sur son ventre et, soudain :

« Et puis après ? Il faudra bien en venir là. Un peu plus tôt, un peu plus tard... Pour ce que nous faisons sur la terre, vous et moi... »

M. Jérôme ne put que répéter :

« Ah ça ! ma fille ! Ah ça ! »

Il ne faisait plus semblant de suffoquer : Noémi osait considérer que cette chose affreuse, inimaginable, contre laquelle il luttait minute par minute, que sa mort était un événement sans importance. Elle s'habituait à cette idée, la caressait peut-être en secret, elle, son héritière, qui ne s'était pas remariée à cause de ça... et qui, ce jour-là, éclaterait de joie...

Impossible de la déshériter, il avait promis...
Mais il pouvait augmenter les legs particuliers :
vingt mille francs de messes au lieu de dix
mille. Il doublerait aussi la somme pour le
bureau de bienfaisance... Tout à coup, il se
redressa, renifla, tourna vers la porte son nez
pointu et pincé de grand malade :

« Mais, Noémi, ça sent le civet... »

Aucun doute : l'odeur puissante et nourrie
emplissait la pièce.

« Après cette course, déclara Noémi, je crois
que je lui ferai honneur.

— Mais vous n'avez pas l'intention, je sup-
pose, pendant que j'en serai réduit à ma purée
de pois, de manger...

— Écoutez, père, je ne suis pas au régime,
moi.

— Vous savez bien que, si vous en mangez,
j'en mangerai aussi... Du gibier ! Et en sauce,
encore ! La viande, le soir, c'est déjà mortel
pour moi ; mais du civet ! Et je l'aime tant,
ajouta-t-il d'un ton pleurard. Je n'y résisterai
pas.

— Vous n'avez qu'à vous faire porter votre
purée ici.

— Mais il y a l'odeur. Ça revient au même... »

Ses narines veinulées palpitaient. Mais Noémi
voyait déjà, en pensée, son assiette pleine. Si
elle consentait à se mettre, le soir, au régime
de M. Jérôme, c'était encore par crainte de
l'obésité. Une fois n'est pas coutume.

Elle gagna la salle à manger, suivie de son

beau-père. Cadette, accroupie devant la cheminée, attisait le feu. Puis elle mit des braises
dans la chaufferette, qu'elle glissa sous la chaise
de M. Jérôme. Sur les murs, l'étoffe, tendue
depuis 1885, et qui représentait une kermesse
flamande (elle avait été choisie dans un catalogue du Bon Marché), absorbait la lumière de
la suspension. Le civet encore invisible régnait
déjà par la force de son fumet. Et même ces
deux nez exercés de Landais discernaient le
goût du laurier, la pointe de girofle. Deux
chiens tournaient autour de la table.

Il parut enfin. Noémi pencha sa tête sur le
plat fumant et parfumé. Cadette la guidait :

« Là, Madame, il y a un morceau de râble.

— C'est trop horrible !... » gémit M. Jérôme.
Noémi était déchaînée. Elle ordonna à
Cadette :

« Débouchez une bouteille de léoville[49]. Il en
reste une dans le placard... Mettez-la près du
feu.

— Du vin ? Vous êtes folle, ma fille.

— J'ai besoin de reprendre des forces. »

M. Jérôme mangeait sa purée verte, sans
quitter des yeux l'assiette de Noémi. Ses mains
tremblaient.

« Eh bien, puisque c'est ainsi... C'est vous qui
en porterez la responsabilité. Du civet, Cadette !

— Vous êtes assez grand, mon père...

— Ce n'est pas ça qui fera du mal à Monsieur », disait Cadette, pleine de respect pour
sa cuisine et de confiance dans la nourriture.

Le malade se servait, stupéfait qu'on le laissât libre de s'empoisonner.

« Puisque c'est comme ça, cria-t-il sur un ton d'enfant gâté, je vais boire du vin.

— A votre aise ! » répondit Noémi.

Il hésita, prit la bouteille, solennellement, et se servit d'une main tremblante.

« Je vous avertis, ma fille, que le docteur vous attrapera. Vous êtes une drôle de garde-malade !

— Le docteur ? Ce qu'il s'en moque ! Croyez-vous que votre santé l'intéresse ?

— Il est très attaché à ses malades. Plus que ne l'était le docteur Pieuchon... Ah ! je sais bien que vous ne pouvez le souffrir. »

Noémi posa son verre et regarda dans le vide. Le docteur, ce gros homme stupide qui s'installait au chevet du malade et n'en démarrait plus, elle lui en voulait simplement parce qu'il était « le docteur ». Il portait le même titre que celui qui soignait autrefois les tuberculeux avec de la teinture d'iode, le médecin de Jean Péloueyre... Celui-là avait quitté le pays, il était devenu alcoolique... Elle savait que c'était par chagrin... A Bordeaux, il avait eu des histoires ennuyeuses : des certificats de complaisance... Si elle ne l'avait pas repoussé, il serait là encore. Ce serait lui, dans ce fauteuil, en face du sien. Des enfants joueraient dans le vestibule...

« Noémi, est-ce que je suis rouge ?... Je n'ai

bu qu'un demi-verre et il me semble que ma tête va éclater.

— Il ne fallait pas boire.

— C'est votre faute, ma fille. Il faudra que je prenne un bain de pieds sinapisé avant de me coucher... Mais, alors, je dois attendre que ma digestion soit finie. Je vais être obligé de me coucher tard... J'ai commis une folie. C'est vous qui m'avez tenté. »

C'était la femme qui l'avait tenté, cette grosse femme bien plus congestionnée qu'il n'était lui-même.

Ils étaient revenus au salon. M. Jérôme ne pouvait prendre son bain de pieds avant dix heures.

« Faute de mieux, je vais m'étendre et renoncer à ma partie de jacquet. Vous me ferez la lecture.

— Montaigne ? »

Il fit signe que non. Elle soupira d'aise.

« Non, le roman... *Lucien Leuwen*. »

Noémi fit semblant de ne pas l'avoir entendu. Rien ne l'irritait davantage que cette tyrannie qui l'obligeait de lire à haute voix des ouvrages incompréhensibles. Encore était-elle habituée à Montaigne. Et puis cela ne l'humiliait pas de n'y rien comprendre... Mais elle était furieuse de n'y voir guère plus clair dans une histoire d'amour stupide comme ce *Lucien Leuwen*. Son beau-père l'avait dressée à respecter la ponctuation avec une telle rigueur qu'il n'y avait aucun inconvénient qu'elle n'entendît rien au texte qui lui était confié. Le vieillard avait cette bizarrerie de ne pouvoir souffrir que le ton uni et sans expression, en usage pour les lectures au réfectoire dans les collèges et les couvents. Il avait discerné, dès que Noémi commençait à suivre le fil du récit, qu'elle ne manquait pas d'avoir de ces recherches de diction dont il avait horreur. Il voulait qu'elle ne fût qu'un instrument.

« ... Il était minuit ; le souper était préparé dans une charmante salle, formée par des murs de charmille... Pour mettre le souper à l'abri de la rosée du soir, s'il en survenait, ces murs de verdure supportaient une tente à larges bandes rouge et blanc... On apercevait çà et là, par les trouées du feuillage, une belle lune éclairant un paysage étendu et tranquille. Cette nature ravissante était d'accord avec les nouveaux sentiments qui cherchaient à s'emparer du cœur de Mme de Chasteller[50]... »

M. Jérôme faisait craquer ses doigts. Le buste penché vers les braises, il semblait se dérober à cette lecture. Mais si Noémi reprenait souffle, il lui criait : « Continuez. » Par instants, il se levait à demi, se regardait dans la glace du trumeau, tâtait ses joues. Au moment où sa bru lisait d'une voix blanche ces propos de Lucien à Mme de Chasteller :

« Je n'ai point d'expérience de la vie, je

146

n'avais jamais aimé. Vos yeux vus de près m'effrayaient ; je ne vous avais vue jusqu'ici qu'à une très grande distance[51]... »

« Assez ! cria M. Jérôme. Assez comme cela !
— On jurerait que je vous torture, répliqua Noémi en posant le livre sur le guéridon. Comme si ce n'était pas vous qui choisissiez les histoires qui n'ont pas le sens commun... Il y en a tant d'intéressantes ! »

Il fixa sur elle ses petits yeux ronds, injectés de bile, et, sans daigner lui répondre, lui demanda seulement, pour la dixième fois, si elle le trouvait rouge. Elle répondit avec humeur qu'il paraissait congestionné. Il interrogea encore, avec un air d'intérêt démesuré. Pensait-elle qu'il avait achevé sa digestion ? Elle s'en dit assurée, pour être débarrassée du bain de pieds et pour pouvoir gagner son lit.

« Alors, allez le préparer... Vite ! Mes tempes battent. »

Elle le dévisagea. C'était vrai qu'il avait le sang aux joues. Les vaisseaux gonflés et bleus sillonnaient ses narines et ses pommettes. Elle serra le châle autour de son corps et prit une lampe. Dans l'escalier glacé, elle s'abandonna à une irritation violente et qui touchait à la haine. Elle pénétra dans le cabinet de toilette et, soudain, devant l'armoire aux remèdes, parut hésiter. Elle avait ouvert un battant et voyait, au milieu des fioles, le paquet de moutarde. Elle hésita une seconde, referma l'ar-

147

moire, sans avoir pris ce qu'elle était venue chercher. Elle redescendit au salon et, dès le seuil, avertit son beau-père qu'il n'y avait plus de moutarde.

« Plus de moutarde ! »

Il avait tourné vers elle sa face décidément cramoisie.

« Vous avez bien cherché ? Envoyez vite Cadette à la pharmacie d'Arquey[52].

— Mais c'est dimanche, mon père. La pharmacie est fermée.

— Alors, allez-y vous-même. Demandez d'Arquey d'urgence. »

Noémi secoua la tête : il savait bien que les d'Arquey partaient tous les dimanches pour Langon, depuis qu'ils avaient acheté une cinq-chevaux... Ils couchaient chez leur fille et ne revenaient que le lundi matin. M. Jérôme se mit à gémir sur cette folie de déplacement. Les gens ne pouvaient plus demeurer en place. Et, soudain, il tourna sa fureur contre sa bru : c'était sa faute ; elle devait veiller à ce qu'il eût toujours sous la main les remèdes nécessaires. Elle se chargeait d'une responsabilité dont elle ne paraissait pas avoir conscience. Non, elle n'en avait pas conscience : elle souriait, et même elle le raillait, disant que c'était la peur qui le congestionnait. Jamais elle ne lui avait parlé sur ce ton. Il fut vexé, fit un effort pour vaincre sa terreur, assura qu'il ne demandait pas mieux que de mourir, et, comme elle hochait la tête en disant : « Oh ! çà... » il lui ordonna d'un ton sec, comme il eût fait à un domestique :

« Je me couche : allez préparer ma boule. »

Maintenant, elle est seule dans sa chambre, au-dessus de celle de M. Jérôme. Jean Péloueyre, de son cadre, la regarde se déshabiller. Elle n'entend rien que des galops de rats, brusquement interrompus. Soudain, ce bruit... On dirait un grognement, comme quelqu'un qui étouffe et qui reprend souffle : un râle...

« Mais non, se dit Noémi, il lui arrive quelquefois de ronfler. Il ronfle... »

Mais elle tremble de joie. Une horrible, une irrésistible espérance l'envahit. Peut-être quelques secondes, peut-être un quart d'heure, elle demeura immobile, comme pétrifiée, et toutes les puissances de son être s'abandonnaient à cette joie anxieuse, à cette attente. Elle perçut comme un hoquet, puis plus rien, que le battement de l'horloge du vestibule et le bruit de son sang dans ses oreilles.

Elle fit soudain comme quelqu'un qui se réveille, passa ses mains sur ses yeux. Quel silence ! Elle prit la lampe, mais demeura un instant sans oser descendre. Quand elle eut atteint la porte de son beau-père, elle hésita encore, cherchant à percevoir le bruit d'une respiration. Elle ouvrit enfin. Le feu éclairait le plancher. Elle s'avança vers le lit, ferma les yeux, les rouvrit... Il dormait paisiblement, la

tête tournée vers le mur. Les deux coins de
l'oreiller se rejoignaient sur son crâne. Noémi
poussa un soupir profond ; d'un geste maternel, elle aplatit l'édredon sur les pieds du
vieillard et, après l'avoir bordé, arrangea les
bûches dans la cheminée, puis sortit à pas
furtifs.

Commentaires

par

Jean Touzot

APPROCHES DE L'ŒUVRE

Genèse du roman

Une seule chose est sûre : *Le Baiser au lépreux*, dans sa version définitive, a été composé en deux mois, durant l'été 1921. La datation marquée après le point final en fait foi (132[1]). Il existe — on le sait depuis que Jacques Petit en a livré le texte dans l'édition de la Pléiade — une version écrite à la première personne pour les deux premiers chapitres. Est-elle antérieure à 1921 ? J. Petit note très prudemment :

---

1. Contrairement à la solution adoptée dans la préface, nous renverrons au texte du roman dans ces annexes, conçues comme un instrument de travail. Et de la manière la plus simple : un chiffre entre parenthèses pour chacune des pages de la présente édition.

« Le manuscrit ne permet sur ce point aucune conclusion[1]. » Il émet toutefois l'hypothèse que, « dès janvier 1920 », Mauriac songeait à ce roman. Et il s'appuie sur un feuillet du *Journal d'un homme de trente ans*, qui porte les lignes suivantes : « 12 janvier 1920 — Solitude ; *La Chair et le Sang* a fini de paraître aux *Écrits Nouveaux*. Travailler à *Dormir plutôt que vivre*[2]. » Seul problème : est-il sûr que sous ce titre, on eût pu lire l'histoire de Jean Péloueyre ? N'est-il pas plus probable que Mauriac désigne par là le fruit de son séjour à Argelès, à l'hôtel d'Angleterre et du Parc, au milieu de l'année 1919, lequel réapparaîtra, dans le même *Journal* et sous un nouveau titre, le 9 décembre 1921 : « D'une nouvelle remisée au fond d'un tiroir, je tire un roman qui s'appellera peut-être *La Pureté perdue*[3]. » En définitive, le texte s'appellera *Le Fleuve de feu* et c'est dans ce roman-là qu'on retrouvera par deux fois la trace du premier titre baudelairien : « Il aurait voulu dormir, lui aussi, dormir plutôt que vivre contre Cybèle accablée[4]. »

Les nombreuses publications d'inédits : lettres, conférences, interviews, faites durant les

---

1. *Œuvres romanesques et théâtrales complètes*, « Bibliothèque de la Pléiade », Gallimard, Paris, t. I, 1978, p. 1122.
2. *O.A.*, p. 258.
3. *Ibid.*, p. 264.
4. *O.R.T.C.*,, I, p. 532. La seconde occurrence (p. 539) est une citation plus proche de l'original : « Je veux dormir, dormir plutôt que vivre. »

années 80, confirment que deux romans mobilisent Mauriac durant l'année qui précède l'été 1921 : *Préséances* et ce qui, après avoir usé bien des formules, deviendra *Le Mal*[1]. En outre, on ne connaît pas d'autre titre provisoire au *Baiser au lépreux* que « Péloueyre ». La substitution apparaît, le 5 novembre 1921, dans une lettre à l'éditeur Bernard Grasset, qui jugeait le patronyme landais d'une prononciation difficile. « J'ai pensé, écrit Mauriac, à celui d'un chapitre de la vie de saint François d'Assise, qui d'abord surprend mais qui s'accorderait très bien avec mon sujet, c'est *Le Baiser au lépreux*[2]. » L'hagiographie de référence, signée du Danois Johannes Joergensen[3], fait partie des livres de chevet de Mauriac, qui la prête au séminariste de son dernier roman[4]. Il vaut la peine d'ouvrir le chapitre qui s'intitule : « Le

---

1. Voir, dans *Nouvelles Lettres d'une vie*, Grasset, Paris, 1989, les lettres 79 et 81, pp. 79 et 84-85.

2. *Lettres d'une vie, op. cit.*, p. 114. S'il était permis de risquer une hypothèse, on suggérerait que *L'Épithalame* de Jacques Chardonne, paru en 1921, et lu avec enthousiasme par Mauriac (voir *Lettres d'une vie*, p. 112), pourrait avoir eu quelque influence sur le dessein de Mauriac et sur la dimension définitive du *Baiser au lépreux*. « On n'avait guère écrit sur l'amour dans l'intimité », note Chardonne. Et Mauriac semble enchérir : « Surtout quand l'intimité conjugale doit s'accommoder d'un malentendu physique. »

3. Johannes Joergensen, *Saint François d'Assise. Sa vie et son œuvre*, traduit du danois par Teodor de Wyzewa, Librairie académique Perrin, Paris, 1913.

4. *Un adolescent d'autrefois*, in O.R.T.C., *op. cit.*, t. IV, 1985, p. 751.

baiser donné au lépreux[1] ». A travers des anecdotes qui font revivre le moine Martyrius, saint
Julien l'Hospitalier, le saint pape Léon IX, le
bienheureux Colombani, et qui rapportent la
même métamorphose — le lépreux que chacun secourt, recueille ou qu'il porte, se change
en Jésus lui-même — on voit s'affirmer la
mission ici-bas confiée au lépreux : devenir
« un symbole vivant du Sauveur[2] ».

Joergensen raconte quel incoercible dégoût
avait inspiré à François d'Assise la vue d'un
lépreux. Par amour pour le Christ il résolut de
se vaincre. Dès qu'il rencontra l'un de ces
réprouvés, qui lui tendait la main pour une
aumône, « il se pencha, et, tout rempli d'horreur, baisa les doigts pourris, semés de plaies
et d'ulcères[3] ». Cette référence confirme la
signification christique que prêtait déjà à
l'avorton un jeu d'allusions, de citations voi-
lées[4]. La suite de la lettre à Grasset évoque
brièvement le « sens » de ce titre brutal : « Les
efforts de mon héroïne pour aimer physiquement son mari — et la transfiguration de celui-
ci aux derniers chapitres — comme ces lépreux
des vies de saints qui prennent la figure du

---

1. J. Joergensen, *op. cit.*, pp. 37-51.
2. *Ibid.*, p. 47.
3. *Ibid.*, p. 48. Le lendemain de cette rencontre, François
va de lui-même à la léproserie, dont il deviendra le familier,
et avant de distribuer des aumônes, il renouvelle l'osculation.
4. Voir, par exemple, la comparaison de sa chambre avec
un reposoir de Fête-Dieu (112) et la note 38 (123).

Christ[1]. » Les trois lignes explicatives que le romancier propose enfin d'ajouter, sont faciles à retrouver dans le texte. Un raccord de dernière minute rebondit, par tiret interposé, sur les baisers de Noémi, comparés à ceux « qu'autrefois des lèvres de saints imposaient aux lépreux » (107). L'image se greffe à un tournant du récit, au moment où commence la transfiguration du malade. La lèpre ne transpose pas la tuberculose qui le rapproche de Dieu, mais la laideur qui éloignait de lui sa femme.

Sa femme selon Dieu... Pourquoi la peinture d'un cas de divorce entre la chair et l'esprit choisit-elle le contexte d'une union légitime et fraîchement célébrée ? Faut-il chercher la raison de cet acharnement contre les marieurs ? Mauriac a-t-il un compte à régler, sinon avec l'institution, du moins avec une tradition matrimoniale ? Peut-être avait-il été choqué d'avoir dû se soumettre à une enquête ou à un examen prénuptial, lors de son idylle manquée avec Marianne Chausson[2]... Vaines questions... Dans ce qui pourrait s'apparenter à une ébauche d'étude génétique, si l'on s'en tient aux affirmations de l'intéressé, on peut rappeler d'abord que, pour la première fois dans cette carrière,

---

1. *Lettres d'une vie*, p. 114.
2. Le marieur était en l'occurrence Robert Vallery-Radot, l'Albéric de *Maltaverne*. La jeune fille à marier s'y nomme Emmanuelle, comme dans *Préséances*. Voir O.R.T.C., IV, pp. 832 et 844, ainsi que le *Mauriac* de l'Herne, pp. 74-82.

aucun des personnages « n'est inventé[1] ». Mauriac ajoute : « Je pourrais mettre un nom sous chaque Péloueyre ; je les ai tous connus dans la vieille maison de Villandraut, sur la place. » Ils appartiennent donc à la branche landaise. Le romancier les installe à Saint-Symphorien. Dans le *Livre de raison de Malagar*, Mauriac va même plus loin et met effectivement un nom sur le lépreux, celui d'un cousin : « Pierre Larrue, mort au champ d'honneur, m'a un peu servi pour peindre Jean Péloueyre[2]. » Les confidences de 1950 permettent de reconstituer quelques traits de l'original : « Le vrai Jean Péloueyre n'était pas si laid que je l'ai décrit, et une femme aurait pu l'aimer s'il avait eu le temps d'en choisir une. Mais ce tueur de pies a été tué lui-même durant la Grande Guerre, après avoir abattu deux Allemands de sa main[3]. » Mauriac conclut sur une formule qui définit admirablement le rapport de sa fiction avec sa propre expérience : « Ainsi exhumons-nous de notre enfance des êtres endormis et nous réinventons leur vie[4]. » En leur prêtant gratui-

---

1. *O.C.*, I, p. II.

2. *Livre de raison de Malagar*, fragment inédit, daté du jeudi 28 septembre [1939], Archives François Mauriac. Dans *Le Temps immobile*, Claude Mauriac rapporte une conversation avec son père qui éclaire encore la famille de Pierre Larrue et sa parenté avec celle des Mauriac (Le Livre de Poche, pp. 605-606).

3. Préface citée in t. I des O.C., p. II.

4. *Ibid*. D'après les termes d'une lettre de Jean Cocteau à Mauriac, on peut penser que le « monsieur à monocle et la

tement, ajoutons-le, l'expérience du mariage et de ses drames, pourvu qu'ils s'avèrent d'un bon rendement romanesque...

Découverte d'un style

Le charme du *Baiser au lépreux* tient pour l'essentiel à son style, fruit d'un compromis entre une reconnaissance de dettes littéraires et l'impérieuse soif d'innover. Mauriac n'a pas répudié toutes les « élégances » qui lui viennent de ses premiers maîtres : barrésismes ou gidismes. Nous découvrirons qu'elles relèvent surtout de la syntaxe. En outre, éprouvant le besoin de s'imposer, il frappe fort et marque son imagerie du sceau de la violence. Comme Mauriac écrit, à sa manière, les mémoires de deux jeunes mariés, il arrive que le vocabulaire produise un effet de contraste, puisqu'il baigne dans une tendresse programmée dès le titre.

Effets syntaxiques

L'inversion de l'ordre attendu dans les constituants de la phrase est une des particularités de la prose post-symboliste. Mauriac

lèvre pendante » de l'épisode parisien (89) aurait eu un modèle parmi les familiers des deux écrivains : « le pauvre d'A ». Voir notre *Jean Cocteau, qui êtes-vous ?* La Manufacture, Paris, 1990, p. 287.

donne, par exemple, au complément la priorité sur le verbe : « ... la main de Noémi à ce papier s'appuya » (85), ou sur le participe du temps composé : « ... il n'était plus contre elle couché » (84). Ainsi la forme verbale prend-elle le relief qu'en d'autres circonstances Mauriac préfère donner au substantif monosyllabique : « Les pasteurs du Béarn [...] y avaient, bien des siècles auparavant, creusé pour leurs troupeaux un puits » (74). Il pratique aussi l'inversion du sujet dans la phrase indépendante : « Mais déjà plus vite naissait l'ombre » (66), ou dans la subordonnée : « Il usait d'un pot à eau recroquevillé dans une minuscule cuvette pour que, sans le briser, se pût rabattre le couvercle de la commode » (43). A la réserve de ce dernier tour, un peu affecté, tous ces cas d'inversion dégagent une assez forte expressivité.

En revanche les antépositions d'épithètes, à la Barrès ou à la Gide, relèvent d'un style d'antiquaire et détonnent d'autant plus qu'elles apparaissent nombreuses : « un liquide métal » (29), « de patients garçons » (29), « un absolu silence » (30) pour ne citer que le début du livre. On dirait que Mauriac s'ingénie à multiplier les occasions de défier, par l'antéposition, les lois les plus strictes de la prose ordinaire : lorsqu'un adjectif long écrase en quelque sorte un substantif bref : « l'hebdomadaire fléau » (39), et même un monosyllabe : « ces hypocrites vœux » (85[1]) ; lorsque l'adjectif est verbal : « des coassantes mares » (41), « les déchirantes plaintes » (42) ; lorsque la qualification est double : « ce vivant et frémissant métal » (51), ou qu'elle s'accompagne d'un adverbe d'intensité : « ces trop capiteuses fleurs » (51). On le voit, Mauriac, d'un seul emploi, défie parfois deux lois. Heureusement, dans la suite de sa carrière, il renoncera vite à ces artifices, dignes d'un style pseudo-poétique[2].

D'autres figures syntaxiques s'avèrent d'un effet plus sûr, pour peu que le romancier en use avec modération. Nous ne reviendrons pas sur les deux cas d'apostrophe, lancée l'une au héros (32) l'autre à Nietzsche, son idole dévaluée (89), sauf pour noter que la première part du narrateur[3], la seconde du personnage. Plus lyriquement encore, il arrive que l'avorton s'apostrophe lui-même : « Ô mon âme, se dit

---

1. Mauriac viole dans les deux cas la loi de la séquence progressive. Rappelons qu'elle consiste à grouper les mots ou les groupes de mots dans la phrase par volume croissant.

2. *Le Baiser au lépreux*, si riche d'exemples qu'il soit — notre liste, on le constatera, n'épuise pas le sujet — marque un net progrès par rapport aux précédents romans. Voir notre étude : « Les voies de la poésie dans le roman », in *La Licorne*, 1986, n° 11, p. 12.

3. A propos de ce cas d'intervention, Bernard Alluin note : « Le procédé vise à mettre le doigt, brutalement, sur une vérité que le personnage voudrait se cacher. » Par le *tu* le narrateur manifesterait « à la fois une lucidité sans complaisance et une sympathie profonde à l'égard du personnage » (« Le narrateur dans les romans de Mauriac », in *Présence de François Mauriac*, Presses universitaires de Bordeaux, 1986, pp. 174-175).

Jean Péloueyre, mon âme, dans ce matin d'été plus laide encore que mon visage ! » (43). On saura reconnaître dans les « Ah ! » qui attaquent fréquemment la phrase des exemples d'« exclamation ». C'est le terme consacré pour désigner la figure par laquelle on abandonne « le discours ordinaire pour se livrer aux élans impétueux d'un sentiment vif et subit de l'âme[1] ». En voici un bon exemple qui prend le *baiser* pour « mot de la fin » : « Ah ! lui aussi, lui aussi, aurait voulu étreindre cette terre avare qui l'avait pétri à sa ressemblance et finir étouffé par ce baiser » (75). Dans nos deux derniers échantillons un cas de « réduplication », figure d'« expression pathétique[2] », renforce l'effet du « Ô » et du « Ah ![3] ». Notons enfin que la transe suicidaire ferme un chapitre, ce qui redouble son efficacité.

Une imagerie de la violence

En changeant son titre, le romancier prenait acte d'une convergence lexicale. *Baiser* frappe, en effet, par sa fréquence dans le texte. Au surplus, il mobilise des mots de même famille, il se suscite des synonymes. Plongé dans « la

---

1. Selon Pierre Fontanier, in *Les Figures du discours*, « Champs », Flammarion, 1977, p. 370.
2. *Ibid.*, p. 331.
3. Voir d'autres exemples, pp. 32, 39, 40, etc.

ténèbre de la chambre nuptiale » (71), le lecteur ne s'étonnera pas de parcourir le clavier de la tendresse et de rencontrer dans une seule phrase *contact, attouchement, caresse.* S'il étend sa collecte à l'ensemble du livre, la gamme s'enrichit. Et c'est avec des verbes comme *bercer* (69), *presser* (40), *étreindre* (35, 75, 110) et beaucoup d'autres termes, un véritable champ lexical qu'il reconstituera. La *bouche* (104), les *bras* (53), les *genoux* (70), les bêtes, les personnages secondaires et les choses entrent à leur tour dans la thématique du geste tendre. Ces voies tracées, il semble inutile de pousser plus loin un inventaire aussi facile.

Mais cette débauche de termes consonants, qui tournerait presque à l'obsession, se heurte à un ensemble d'effets contraires qui relèvent de l'imagerie. La véhémence, l'outrance, ou si l'on préfère un terme plus rhétorique, l'hyperbole, en sont le signe. Le lieu privilégié de cette rencontre brutale, c'est la comparaison, qui couronne, par exemple, le chapitre VI. Rappelons qu'elle entend produire un équivalent de l'effusion nocturne, liée au devoir conjugal. « Alors, pleine de remords et de pitié, comme dans l'amphithéâtre une vierge chrétienne d'un seul élan se jetait vers la bête, les yeux fermés, les lèvres serrées, elle étreignait ce malheureux » (68). A cette image centrale de la bête, on rattachera tous les comparants d'infamie déjà signalés, dont Mauriac, plus

163

tard, s'accusera publiquement d'avoir abusé[1]. Mais ne fallait-il pas dépeindre un cas de répulsion inguérissable à l'échelle humaine ?

De la vie conjugale à la peinture de la vie tout court, l'image brutale et surtout mortifère étend inexorablement son filet. Par sa seule présence Jean décolore, meurtrit, assassine Noémi (69-70) et Noémi agonise lorsqu'elle lui rend son regard (70). Jean ne va pas à l'église pour prier mais pour saigner devant quelqu'un (69). Dans ce monde romanesque la chaleur est capable d'engloutir les personnages (31). La violence règne dans le ciel : « Les fenêtres découpaient à l'emporte-pièce un azur dévoré d'astres » (41). Le soleil ne brille pas, il brûle, puisqu'il est « feu du ciel » (33) ou « liquide métal » (29). Il allume des besicles (32) ou les boutons sur la veste du docteur (131). L'hyperbole et la dramatisation s'étendent aussi à la description des animaux du décor familier. La nuit, on perçoit « des sanglots de rapaces, des cris de bêtes assassinées » (124) et, les matins de marché, « les déchirantes plaintes des porcelets » (42) déjà citées. On ne s'étonnera donc pas qu'à la mort de Jean le deuil enterre littéralement sa veuve : « Noémi Péloueyre

---

1. Voir, en particulier, dans une lettre à Edmond Jaloux, ce que Mauriac écrit des comparaisons « entomologistes », auxquelles il avoue avoir renoncé en 1934, ce que confirme hautement l'épilogue de 1932. La lettre est reproduite dans *François Mauriac*, catalogue de l'exposition de la Bibliothèque littéraire Jacques Doucet, Université de Paris, 1968, p. 17.

s'ensevelit dans le crêpe pour trois ans » (127-128). L'exemple confirme que la métaphore verbale est l'agent principal de l'universelle violence. L'antagonisme semble décidément la loi de ce petit monde romanesque.

Les portiques de la poésie

Nous avons eu déjà l'occasion d'admirer l'habileté narrative de Mauriac, son sens du découpage d'une histoire en segments. Aux points stratégiques du récit : fins de chapitres, de sections ou de séquences, le lecteur forcé de s'arrêter à un palier, à un sommet, reprend son souffle et contemple une perspective offerte sur un mot clé, comme le *baiser* déjà cité, sur une formule frappante, ou sur une image plus éloquente qu'un long commentaire. Est-il un exemple plus probant que celui de l'*explicit*, ou dernière phrase du livre[1] ? De son vivant, c'est à des éléments dégradants du monde animal et végétal, répétons-le, qu'avait été jusque-là associée « cette larve » (53), ce Jean au corps « plus sec que les brandes des landes

---

1. Simon Jeune oppose fort utilement l'*explicit* à la *clôture*, qu'il définit ainsi : « La *clôture* sera constituée par les dernières lignes du roman en tant qu'elles produisent l'impression finale de nature intellectuelle, esthétique ou affective » (« Vues sur la "clôture" des romans de Mauriac », in *Travaux du Centre d'études et de recherches sur François Mauriac*, Université de Bordeaux III, 1977, n° 2, p. 5).

incendiées » (47). *In extremis* le végétal revient, « chêne rabougri », pour renvoyer à Jean mais à un Jean sanctifié « sous la bure de ses feuilles mortes », et surtout couronné, transfiguré, nous l'avons dit, « d'un souffle de feu », tel un buisson ardent dont le sacrifice serait agréable à Dieu (132)[1].

La poésie passe presque toujours par ces paliers. Disons plutôt que les fins de sections ou de chapitres pourraient être assimilées à des portiques ouvrant sur la poésie, une poésie qu'on sentirait à la fois dans l'architecture de la phrase, et dans ce qu'on serait tenté d'appeler par un emprunt au langage musical : son phrasé. La thématique du livre non seulement se découvre à ces portiques, mais elle s'y épanouit. Sans nous astreindre à analyser des échantillons déjà cités, nous nous contenterons d'une fin de chapitre exemplaire, où Jean, de retour au foyer, scelle son destin de lépreux. Il s'agit du chapitre XIII, dont la première section reprend éloquemment le titre. Il s'achève

---

1. Empruntons à Simon Jeune ces lignes qui caractérisent le temps de la clôture : « C'est l'été landais "des premières chaleurs", avec "la pignada pleine de mouches", qui, étreignant Noémi Péloueyre d'une langueur sensuelle, l'oblige à prendre conscience des tentations qui l'assaillent et de la nécessité du renoncement » (article cité, p. 6). Sa course finale s'apparenterait donc à une fuite devant le beau docteur. « Son arrêt, ajoute S. Jeune, coïncide avec l'embrassement symbolique du chêne protecteur » (p. 13). Dans l'épilogue le « chêne rabougri » a-t-il connu le même sort que les pins, dont les troncs saignent encore (135) ?

à l'église, où Noémi suit Jean comme pour accepter à son tour le double sacrifice et lui trouver sa signification. Cette fin mobilise deux phrases complexes, dont voici la première : « L'humide fraîcheur de la nef la saisit, — ce froid de terre, ce froid de fosse fraîchement ouverte qui étreint les corps vivants dans les églises que le temps enfonce peu à peu et où l'on accède en descendant des marches » (110). La structure adoptée dessine admirablement la descente. Les marches syntaxiques sont d'abord suggérées par des procédés variés : anaphore, allitération voyante, dérivation. La triple relative marque d'une entaille plus nette les repères de l'enfoncement. A ce modèle d'architecture, Mauriac enchaîne une phrase plus musicale pour fermer le chapitre : « Cette toux dont le bruit l'avait éveillée la nuit précédente, de nouveau Noémi l'entendit, mais, cette fois, répercutée à l'infini par les voûtes » (110). Après la phrase « fonctionnelle » en paliers, voilà une phrase en échos sur deux timbres, le grave : t*ou*x, n*ou*veau, v*oû*tes, et l'aigu : br*ui*t, n*ui*t, Noém*i*, entend*i*t, inf*i*ni. Parmi ces mots, dont beaucoup sont sous l'accent, les deux derniers se détachent comme des emblèmes. Sa condition de lépreux de l'amour confirmée et la contagion mortelle acceptée, Jean est précipité sous les *voûtes* de l'*infini*...

Ainsi *Le Baiser au lépreux* marquait-il l'avènement d'un grand artiste de la prose française. Mauriac y avait admirablement tenu la gageure du « roman-poème ». Il est même permis de se demander s'il renouera jamais avec ce bonheur. L'équilibre entre les contraintes du genre romanesque et la poussée d'une sève poétique aussi exubérante est difficile à garder, à maintenir le temps d'une fiction. Là où *Le Fleuve de feu* s'essoufflera, *Le Baiser au lépreux* persévère et le miracle se prolonge jusqu'au finale. Plus prosaïque, moins chanté que parlé, le *Dernier chapitre* accuse le fléchissement de la cadence, sinon la chute du célèbre *tempo*. En outre, Mauriac avait relevé un second défi : celui du romancier à qui nul sujet ne serait interdit, pour peu qu'il possédât cette « science du langage » que lui-même évoquera en 1923, dans sa réponse à une enquête sur la censure[1]. Qu'importe qu'il choisisse un lépreux pour célébrer, d'un office diurne et nocturne, « le corps mystérieux d'une femme[2] » (60), si l'obsession maîtrisée conduit l'obsédé sur la voie du renoncement. Sans doute est-il persuadé, ce « sensualo-mystique », comme disent ses

---

1. Voir *Les Marges* du 15 février 1923, p. 130, et nos « Rhétoriques du tabore », in *François Mauriac* de l'Herne, pp. 232-246.
2. Il serait intéressant de relever la fréquence du mot dans le texte : « corps mystérieux » (47) de Noémi, « chaste corps intact » (57) ou souillé (64), corps omniprésent malgré l'absence (84) ; corps misérable de Jean (43) ; corps de Noémi fuyant le corps de Jean (74) ; vision promise de « leurs corps immortels, leurs corps incorruptibles » (88)... C'est une liturgie intime, une secrète dramaturgie qui règlent le roman.

détracteurs, que les fleuves de feu aussi peuvent se jeter dans l'infini. Jamais Louis Artus, initiateur reconnu du genre et dédicataire du livre, n'a approché d'aussi près et par un tel chef-d'œuvre l'idéal du romancier catholique.

BRÈVE CHRONOLOGIE[1]
1885-1932

1885. — 11 octobre. Bordeaux. Naissance de François Mauriac.

1899. — Composition probable de *Va-t'en*, « grand roman inédit », dédié à sa sœur Germaine.

1909. — Devient critique poétique à la *Revue du temps présent*, fondée par son ami Charles-Francis Caillard.

Novembre. *Les Mains jointes*, poèmes.

1910. — 21 mars. Grand article de Barrès dans *L'Écho de Paris*.

1911. — Juin. *L'Adieu à l'adolescence*, poèmes.

---

1. Nous avons réduit cette chronologie aux dates de publications essentielles et nous l'avons arrêtée à celle de l'épilogue du présent roman. Le lecteur curieux pourra se reporter à la chronologie détaillée que nous avons donnée dans l'édition de *Thérèse Desqueyroux*, pour la même collection (Le Livre de Poche, n° 138).

1912. — Avril. Début des *Cahiers de l'Amitié de France*, « administrateur-gérant » : F. Mauriac.

1913. — Mai. *L'Enfant chargé de chaînes*, premier roman.

3 juin. Mariage à Talence.

1914. — Mars-juillet. Donne douze articles au *Journal de Clichy*, sous le pseudonyme de François Sturel.

Juin. *La Robe prétexte*, roman.

1917. — Écrit *La Peur de Dieu*, première version du *Mal*.

1919. — 23 mars. Début de la collaboration au *Gaulois*.

Été. Argelès. Écrit la première version du *Fleuve de feu* sous le titre de *Dormir plutôt que vivre*.

1920. — Été. *Petits Essais de psychologie religieuse*.

Automne. *La Chair et le Sang*, roman.

1921. — Juin. *Préséances*, roman.

Juillet-septembre. Rédaction de la version définitive de *Péloueyre*.

Novembre. *Péloueyre* devient *Le Baiser au lépreux*.

1922. — Février. *Le Baiser au lépreux*. « Quelques jours après la publication, Marcel Boulenger se trouvant au théâtre à côté de ma femme, lui souffla à l'oreille : « Cette semaine, la cote de votre mari est montée de 50 p. 100 » (L'Herne, p. 132).

1923. — Mai. *Le Fleuve de feu*.

Décembre. *Genitrix*.

1924. — *Le Mal*.

1925. — 6 mars. *Le Désert de l'Amour*, grand prix du roman de l'Académie française. Calmann-Lévy publie *Les Péloueyre*, ouvrage qui réunit *Le Baiser au lépreux* et *Genitrix*.

1926. — *Coups de couteau, Un homme de lettres*.

1927. — Février. *Thérèse Desqueyroux*.

1928. — Février. *Destins*.

Juillet. *Le Démon de la connaissance*.

1929. — *Trois récits* et *La Nuit du bourreau de soi-même*.

1930. — Juin. *Ce qui était perdu.*

1932. — 15 janvier. *Dernier chapitre du Baiser au lépreux*, épilogue inédit, dans *Les Annales*.
Le Nœud de vipères.

BIBLIOGRAPHIE

Nous ne donnerons ici qu'une liste des ouvrages cités dans la préface, les annexes et les notes. Pour de plus amples renseignements, on se reportera à la bibliographie que nous avons donnée dans l'édition récente (1989) de *Thérèse Desqueyroux*, au Livre de Poche.

Le texte du *Baiser au lépreux*

Notre texte est sorti d'une confrontation des éditions courantes[1], dont les deux dites complètes :

---

1. Un problème apparaît difficile à résoudre : celui des espacements délimitant les « séquences » à l'intérieur des chapitres, tant les divergences apparaissent nombreuses entre l'édition originale, celle des Cahiers verts, et l'édition des *Œuvres complètes* supervisée(?) par Mauriac lui-même. Nous avons, le plus souvent mais pas toujours, préféré celle-ci à celle-là.

— « Bibliothèque Bernard Grasset », *Œuvres complètes*, chez Arthème Fayard, Paris, 1950-1956, 12 volumes (sigle de renvoi : O.C.).

— « Bibliothèque de la Pléiade », *Œuvres romanesques et théâtrales complètes*, édition établie, présentée et annotée par Jacques Petit (sigle de renvoi : O.R.T.C.), Gallimard, Paris, 1978-1985, 4 volumes.

Le Baiser au lépreux figure dans les deux cas au premier tome.

Autres textes de François Mauriac

Pour les autres romans nous avons renvoyé dans la mesure du possible aux éditions du Livre de Poche et, à défaut, à l'édition de Jacques Petit précitée. Pour les autres textes, notre liste respecte l'ordre chronologique de parution.

François Mauriac, catalogue de l'exposition de la Bibliothèque littéraire Jacques Doucet, Université de Paris, 1968.

Le Dernier Bloc-notes 1968-1970, Flammarion, Paris, 1971.

Mauriac avant Mauriac, Flammarion, Paris, 1977.

Lettres d'une vie (1904-1969), Correspondance recueillie et présentée par Caroline Mauriac, Grasset, Paris, 1981.

Souvenirs retrouvés, Entretiens avec Jean Amrouche, Fayard/INA, Paris, 1981.

François Mauriac, L'Herne, n° 48, Paris, 1985.

Les paroles restent, Interviews recueillies et présentées par Keith Goesch, Grasset, Paris, 1985.

Nouvelles lettres d'une vie (1906-1970), Correspondance recueillie, présentée et annotée par Caroline Mauriac, Grasset, Paris, 1989.

Œuvres autobiographiques, édition établie, présentée et annotée par François Durand, « Bibliothèque de la Pléiade », Gallimard, Paris, 1990 (sigle de renvoi : O.A.).

On ajoutera à cette liste un texte partiellement inédit : le *Livre de raison de Malagar,* propriété des héritiers de François Mauriac et, pour faire la transition avec la suite de cette bibliographie, le premier tome de l'œuvre de Claude Mauriac, *Le Temps immobile,* Grasset, Paris, 1974 (réédition : Le Livre de Poche, 1983).

Œuvres, monographies critiques, biographies

FONTANIER Pierre, *Les Figures du discours,* Flammarion, « Champs », Paris, 1977.

JOERGENSEN Johannes, *Saint François d'Assise. Sa vie et son œuvre,* traduit du danois par Teodor de WYZEWA, Librairie Académique Perrin, Paris, 1913.

NIETZSCHE Frédéric, *Œuvres philosophiques complètes,* Gallimard, Paris, t. VII, 1971 (traduction de Cornélius HEIM) et t. XIII, 1976 (traduction de Pierre KLOSSOWSKI).

RIVIÈRE Alain, *Isabelle Rivière ou la passion d'aimer*, Fayard, Paris, 1989.

TOUZOT Jean, *La Planète Mauriac*, « Bibliothèque du XXᵉ siècle », Klincksieck, Paris, 1985.

TOUZOT Jean, *François Mauriac, une configuration romanesque*, profil rhétorique et stylistique, Archives des Lettres modernes nº 218, Minard, Paris, 1985.

TOUZOT Jean, *Jean Cocteau, qui êtes-vous ?*, La Manufacture, Paris, 1990.

TRIGEAUD Françoise, *Itinéraires François Mauriac en Gironde*, Les Cahiers du Bazadais, Bazas, 1974.

Articles parus dans des revues ou dans des ouvrages collectifs

ALLUIN Bernard, « Le Narrateur dans les romans de Mauriac », in *Présence de François Mauriac*, Presses universitaires de Bordeaux, 1986, pp. 171-179.

Anonyme, « *La Robe prétexte* », in *L'Ami du clergé*, Langres, 1920, p. 74.

BÉNÉDICT François, « Un auteur à scandale : M.F. Mauriac », in *La Revue catholique des idées et des faits*, Bruxelles, 3 août 1923, pp. 12-14.

COCULA Bernard, « *Le Baiser au lépreux* roman anti-nietzschéen », in *Cahiers de Malagar*, III, été 1989, pp. 17-35.

CROC Paul, « Mauriac et Freud », in *François Mauriac*, L'Herne, Paris, 1985, pp. 219-231.

DROUIN Jean-Claude, « Aspects sociaux et politiques du Bazadais vers 1900 », in *Cahiers de Malagar*, I, été 1987, pp. 67-84.

DUTHURON Gaston, « De Zola à Mauriac : *Le Baiser au lépreux* », in *François Mauriac*, L'Herne, Paris, 1985, pp. 174-177.

JEUNE Simon, « Vues sur la "clôture" des romans de Mauriac », in *Travaux du Centre d'études et de recherches sur François Mauriac*, Université de Bordeaux III, 1977, n° 2, pp. 5-21.

LACHASSE Pierre, « Pour une connaissance du "monstre" dans *Le Baiser au lépreux* », in *François Mauriac*, 4, « Mauriac romancier », Lettres modernes, Minard, Paris, 1954, pp. 53-76.

LALANNE-TRIGEAUD Françoise, « Onomastique girondine et univers mauriacien : de la réalité à la fiction romanesque », in *Cahiers de Malagar*, I, été 1987, pp. 37-49.

LE GRIX François, « Un poète du réel : François Mauriac et *Le Baiser au lépreux* », in *Revue hebdomadaire*, 11 mars 1922, pp. 204-214.

MONDADON Louis de, « *Le Baiser au lépreux* », in *Études*, 20 mars 1922, p. 509.

SALOMÉ René, « *Le Baiser au lépreux* », in *Revue des jeunes*, 10 avril 1922, pp. 90-93.

SOUDAY Paul, feuilleton du *Temps* du 28 mai 1913, sans titre, reproduit dans *François Mauriac*, L'Herne, Paris, 1985, pp. 170-172.

TOUZOT Jean, « Rhétoriques du tabore », *ibid.*, pp. 232-246.

TOUZOT Jean, « Les voies de la poésie dans le roman », in *La Licorne*, Poitiers, 1986, n° 11, « François Mauriac », pp. 9-16.

Notes

1. *Louis Artus* (1870-1960), critique, auteur dramatique et romancier. En publiant, dès 1917, *La Maison du fou*, bientôt suivi de *La Maison du sage* et du *Vin de la vigne*, Artus avait ouvert à Mauriac la voie du roman catholique. Le meilleur éclairage sur la dédicace vient d'une interview de 1924, où Mauriac évoque la position intenable des écrivains catholiques, « pris entre la vérité humaine et le devoir de faire le bien ». Il cite René Bazin, Émile Baumann et surtout « Louis Artus, à qui j'ai dédié *Le Baiser au lépreux* et dont l'œuvre est intéressante à étudier parce qu'il cherche justement à échapper à ce dilemme » (François Mauriac, *Les paroles restent*, Interviews recueillies et présentées par Keith Goesch, Bernard Grasset, Paris, 1985, p. 70). Voir aussi le *François Mauriac* de L'Herne, p. 129.

2. « Le calibre 24 qui ne repousse pas », une carabine sans recul, était l'arme des débutants ou des chasseurs d'oiseaux.

3. *Ousilanne* est une altération d'Housilane, nom d'une métairie familiale, sise sur la commune de Saint-Symphorien. En 1934, il servira de pseudonyme à Raymond Mauriac, le frère aîné de François, lorsqu'il publiera *Individu*, un roman. Quant au « grand-père Lapeignine », il s'agirait, selon Françoise Trigeaud, d'un ascendant de Mauriac : « Pierre Martin dit La Peyguine, né en 1722 à Saint-Symphorien » (*Itinéraires François Mauriac en Gironde*, Les Cahiers du Bazadais, Bazas,

1974, p. 78). Le registre paroissial de Saint-Symphorien désigne les Martin sous la dénomination « Lous peysans de Jouanhau ». Les Péloueyre sont leur correspondant dans la fiction. Passant d'un roman à l'autre, le patronyme, emprunté à un lieu-dit, situé sur la commune de Saint-Symphorien (« La Péloueyre »), atteste que Mauriac avait longtemps songé à entreprendre sous ce nom une saga landaise. Ajoutons, pour n'y plus revenir, que les parents de Noémi doivent leur nom à une métairie proche de Saint-Symphorien : *Darthiall*, et que la mercière tire le sien d'une commune située à neuf kilomètres au sud-est de Saint-Symphorien : *Bourirdeys*. Quant à *Pieuchon*, c'est le nom de la propriété de l'oncle Lapeyre, un descendant des Martin par alliance. Elle était sise sur la commune d'Uzeste. *Trasis*, enfin, le nom de l'ami de Jean, est une adaptation de Trazitz, hameau de Gajac, situé à l'est de Bazas.

4. Ces quatre *livres* sont des romans : *Aphrodite* (1896) de Pierre Louÿs (1870-1925), *L'Orgie latine* (1903) de Félicien Champsaur (1859-1934) ; Octave Mirbeau (1850-1917) est l'auteur du *Jardin des supplices* (1899) et du *Journal d'une femme de chambre* (1900). Ils figurent tous parmi les « romans à proscrire en vertu de la morale chrétienne », selon la terminologie de l'abbé Bethléem.

5. Dans son édition des *Œuvres romanesques et théâtrales complètes*, Jacques Petit observe que « dans Nietzsche, *Pages choisies*, Mercure de France, on ne retrouve pas cette citation » (« Bibliothèque de la Pléiade », Gallimard, Paris, 1978, t. I, p. 1145). Ajoutons qu'elle ne figure pas non plus dans l'édition d'Henri Lichtenberger : Friedrich Nietzsche, *Aphorismes et fragments choisis*, Félix Alcan, Paris, 1899. On trouvera en revanche dans *Fragments posthumes* (*Œuvres philosophiques complètes*, t. XIII, Gallimard, Paris, 1976, pp 364-365), le texte correspondant à cette citation. Mauriac l'a abrégé. Il s'agit d'un extrait de la Préface à *La Volonté de puissance*, projet de montage de textes datant de différentes époques, dû à la sœur de Nietzsche, Élisabeth Forster. Voici l'intégralité de ce fragment dans la traduction de Pierre Klossowski, qui diffère un peu de celle du *Baiser au lépreux* : « Qu'est-ce qui est bon ? — Tout ce qui intensifie le sentiment de puissance, la volonté de puissance, la puissance même dans l'homme.

Qu'est-ce qui est mauvais ? — Tout ce qui provient de la faiblesse.

Qu'est-ce que la félicité ? — Le sentiment de ce que la puissance s'accroît — qu'une résistance va être surmontée.

Non la satisfaction, mais davantage de puissance ; non la paix en général, mais la guerre ; non la vertu, mais la capacité (vertu dans le style Renaissance, *virtù*, vertu non vaccinée de morale).

Les faibles et les mal-venus doivent périr : premier principe de la société. Et l'on doit de surcroît les aider à cet effet.

Qu'est-ce qui est plus nuisible qu'un quelconque vice ? La compassion active pour tous les malvenus et faibles, — "le christianisme"... »

Nous remercions Mme Anne Henry, professeur à l'Université Paul Valéry, de Montpellier, de nous avoir aidé à retrouver ce texte.

6. A sa naissance l'enfant spartiate devait être présenté à une commission d'Anciens. On jetait les malingres et les contrefaits dans les Apothètes, nom d'une cavité voisine du mont Taygète.

7. *B.* désigne vraisemblablement Bazas, comme dans *Thérèse Desqueyroux*.

8. Le *maître de rhétorique* correspond au professeur principal de la classe de première, qui enseignait aux élèves de jadis le français et les langues anciennes. Mauriac gardait un souvenir ému du sien : l'abbé Péquignot.

9. Imposé par les éditeurs de Nietzsche au siècle dernier, le terme d'aphorisme ne convient pas au long fragment 260 de *Par-delà bien et mal*. Nietzsche observe que les deux morales coexistent quelquefois « à l'intérieur d'un même individu et d'une même âme ». Définissant les valeurs privilégiées par la morale des esclaves, Nietzsche énumère : « la pitié, l'esprit de serviabilité et d'altruisme, l'affection, la patience, l'empressement, l'humilité, l'amabilité, car ce sont là les qualités les plus utiles et à peu près les seuls remèdes pour supporter le poids de l'existence » (*Œuvres philosophiques complètes*, Gallimard, Paris, 1971, t. VII, p. 185, traduction de Cornélius Heim).

10. Ces vers sont prononcés à la dernière scène d'*Andromaque* par un Oreste sur le point de sombrer dans la folie. Mauriac a coupé le premier hémistiche :

« Grâce aux Dieux ! Mon malheur passe mon espérance. »

11. *Hourtinat* est le nom d'une métairie familiale, située à l'ouest de Saint-Symphorien. Quant à Duberné, nous savons grâce à Françoise Lalanne-Trigeaud, « que la famille des Dubernet dit "La Perincle" a très longtemps travaillé les métairies des Martin, aïeux paternels du romancier » (« Onomastique girondine et univers mauriacien : de la réalité à la fiction romanesque », in *Cahiers de Malagar*, I, été 1987, p. 47).

12. *Dringué* : les guillemets signalent un provincialisme, qu'on rattache d'ordinaire à la forme populaire *fringues*, *fringuer*.

13. La citation est extraite du livre III des *Essais*, au chapitre X : « De mesnager sa volonté. »

14. Variation sur le célèbre vers du *Cid* : « Cette obscure clarté qui tombe des étoiles » (acte IV, scène 3).

15. Ce vers, extrait des « Phares » de Baudelaire, est très souvent cité par Mauriac. Voir l'édition du Livre de Poche des *Fleurs du mal*, p. 21.

16. Ces deux vers de Racine, extraits d'*Esther* (acte I, scène 1) constitueraient une allusion encore plus transparente, si l'on citait ceux qui les précèdent immédiatement : « Le fier Assuérus couronne sa captive Et le Persan superbe est aux pieds d'une Juive. » La situation est toutefois inverse dans le projet de mariage Péloueyre-d'Artiailh. C'est Jean l'esclave, et il semble bien qu'à cause de sa beauté, Noémi se rattache à la race des Maîtres.

17. Allusion à l'une des Béatitudes du Sermon sur la Montagne, dont la traduction ancienne était : « Heureux les doux, car ils posséderont la terre. » Voir l'Évangile selon saint Matthieu, 5, 5. La phrase suivante s'inspire de la devise du roseau de la Fontaine : « Je plie et ne romps pas » (*Fables* I, 22).

18. *Être à la côte.* Cette locution du niveau familier, vieillie, signifie : être à bout de ressources.

19. Dans « Les Fiancés du parloir obscur », conte publié dans *Le Gaulois* du 13 décembre 1919, un personnage, qui s'appelle déjà Mme de Péloueyre, exerce une surveillance sur un couple de « tourtereaux ». On en trouvera le texte dans *Mauriac avant Mauriac*, Flammarion, Paris, 1977, pp. 133-136.

20. « Tapis de buis fraîchement coupé, mêlé à des feuilles de laurier », selon le héros des *Anges noirs*, la *jonchée* fait partie du rituel matrimonial. Dans le Sud-Ouest l'usage est « d'en couvrir le seuil des époux, le jour de leurs noces ». Voir l'édition du Livre de Poche, p. 61.

21. Réminiscence baudelairienne : « Je m'avance à l'attaque, et je grimpe aux assauts Comme après un cadavre un chœur de vermisseaux. » Voir la pièce XXII de « Spleen et Idéal », p. 38, dans l'édition du Livre de Poche des *Fleurs du mal*.

22. Claire Mauriac, entourée de ses cinq enfants, récitait chaque soir « cette admirable prière en usage dans le diocèse de Bordeaux ». Voir *Commencements d'une vie*, O.A., p. 70.

23. *La ténèbre* : l'emploi du mot au singulier appartient à la langue littéraire. C'est Huysmans qui le remit à l'honneur. Mauriac ne s'interdit pas pour autant l'usage du mot au pluriel. Voir pp. 55, 68, 111.

24. Le manuscrit du roman insistait sur le manque d'hygiène des Péloueyre : « Mon père longtemps ne s'était rincé la bouche qu'avec une gorgée de cognac » (O.R.T.C., p. 1138). L'installation du *tub*, ce dispositif à la mode des années vingt, semble remédier à la défaillance de la baignoire, transformée en réserve à pommes de terre. Voir *supra*, p. 49.

25. Plus souvent orthographié *pellagre* (du latin *pellis*, la peau), le mot désigne une maladie éruptive de la peau, qui s'accompagne de troubles nerveux et digestifs.

26. L'*eau de noix* est une liqueur, liée aux souvenirs de l'enfant Mauriac et dont les *Nouveaux Mémoires intérieurs* livrent la recette : « Les noix [...] seraient infusées dans l'armagnac pour notre provision d'"eau de noix" (la seule liqueur qui ne nous fût pas interdite) » in O.A., p. 642).

27. La célèbre fable de La Fontaine est la deuxième du livre IX.

28. Littré signale encore l'emploi de *pelote* de neige, au sens de *boule*. Il s'agit ici d'un provincialisme.

29. Libre adaptation de la pensée 210 (selon l'édition Brunschvicg, ou 165, selon l'édition Lafuma) : « Le dernier acte est sanglant quelque belle que soit la comédie en tout le reste. »

30. Les guillemets signalent un sens inhabituel et récent du verbe *révéler*. La datation donnée par les dictionnaires de langue est pourtant de 1904. C'est un emprunt à la technique de la photographie. *Révéler*, c'est rendre visible l'image latente d'un film impressionné, en le plongeant dans un bain chimique. Il faut rappeler ici quelle photographe douée, efficace a su être Jeanne Mauriac, la femme de François.

31. *Cacodylate*. C'est un sel à base d'arsenic non toxique, qu'on employait alors dans la thérapeutique de la tuberculose, des asthénies, du paludisme et de certaines maladies de la peau.

32. *Lou praou moussu* : le pauvre monsieur. Après *Moussu* Jean et la *mistresse* (la maîtresse), on notera la faible part faite par Mauriac à ce qu'il appelle le « patois » de Cadette. Voir *supra*, p. 45. Dans ces bribes de discours direct, il s'explique par l'émotion du personnage.

33. *Fête-Dieu*. Cette fête, instituée en l'honneur du corps du Christ ou saint sacrement, et fixée au jeudi qui suit l'octave de la Pentecôte, donnait lieu à une procession allant d'un reposoir à l'autre. A la campagne surtout, l'usage était de fleurir généreusement l'autel autour duquel était construit chaque reposoir.

34. Ce vers de Corneille *(Polyeucte*, acte IV, scène 5) se reconnaîtra dans le pastiche, p. 122.

35. *Sub specie aeterni* ou, plus fréquemment : *sub specie aeternitatis*, locution latine qui signifie : sous l'aspect de l'éternité. Dans la pensée du prêtre, ce mariage est une réussite sous l'angle de la vie éternelle. Il retrouvera assez vite une perspective plus humaine.

36. Variation sur un verset de l'Évangile selon saint Matthieu, déjà cité (5, 5) : « Heureux les humbles, car ils recevront la terre en héritage. »

37. Le *château-yquem* et le *gruaud-larose* sont deux crus célèbres, surtout le premier, le plus prestigieux des bordeaux blancs, récolté près de Sauternes. Quant au gruaud-larose, c'est un rouge du Haut-Médoc. On notera la beauté et la justesse des images qu'ils inspirent à Mauriac.

38. Libre adaptation des paroles du Christ ressuscité aux saintes femmes (Matthieu, 28, 10) et aux apôtres (Luc, 24, 36-39). En les prêtant à Jean Péloueyre, Mauriac pose le moribond en disciple achevé du Christ vainqueur de la mort. Le « J'ai soif » de la p. 109 déjà pouvait prendre valeur symbolique.

39. Citation formelle du texte liturgique pour le sacrement de l'extrême-onction. A la fin de *Madame Bovary*, lorsque Emma agonise, Flaubert préfère décrire les onctions qu'il assortit de commentaires accusateurs.

186

40. *Une seconde classe.* Dans le rituel des funérailles, il existait, à cette époque, trois classes selon l'apparat : tentures, nombre de célébrants, etc... La pauvreté des Landais les vouait ordinairement aux enterrements de troisième classe. Ces distinctions, fondées sur la fortune des fidèles, ont disparu dans l'Église d'aujourd'hui. Par les guillemets, le narrateur semble se désolidariser des curieux, qu'il cite formellement.

41. *Tartehume* : nom d'un hameau, à l'ouest de la commune de Saint-Symphorien. Dans un roman de jeunesse, Mauriac s'en sert pour désigner sa propriété de Malagar.

42. Au moment où, saisie de panique, Noémi se met à l'école de son mari, mort en odeur de sainteté, Mauriac lui inspire des pensées dont le tour rappelle un passage de l'*Imitation de Jésus-Christ* (IV, 2, 1) : « Malade, je viens à mon médecin ; affamé et altéré, à la fontaine de Vie ; pauvre, au Roi du ciel ; esclave, à mon Maître... » Cette invocation faisait partie des « Actes avant la Communion », que, précise Mauriac, « chaque dimanche, avec le même tremblement, je récitais ». Et le mémorialiste conclut : « Paroles de feu qui marquent un cœur pour la vie » (O.A., p. 76).

43. *Pignada* : forme gasconne de pinède. Le mot désigne une forêt de pins maritimes exploités pour la gemme.

44. Ces indications sont utiles pour apprécier les conditions de la création mauriacienne. Ainsi donc l'écriture du *Baiser au lépreux* n'aura duré qu'un seul été. Mauriac commence à Vémars, dans la propriété de sa belle-mère, Mme Lafon, ce qu'il achève au milieu des pins landais, dans la maison familiale. Comme sa mère était toujours vivante, il passait ses vacances dans le chalet et le parc de Jouanet (ou Johannet, ou encore Jouanhau), par Saint-Symphorien, plus souvent qu'à Malagar, dont Claire Mauriac redoutait les étés torrides.

Dernier chapitre
du *Baiser au lépreux*

45. *Filhot* : cru du Sauternais, dont Mauriac a fait un patronyme dans plusieurs œuvres datées des années trente.

46. *Sore* : commune des Landes, à quinze kilomètres au sud-ouest de Saint-Symphorien.

47. *Mme Larue* : le nom de la mercière n'est pas choisi au hasard. Le modèle de Jean Péloueyre s'appelait Pierre Larrue. Voir Approches de l'œuvre, *supra*, p. 158.

48. Rappelons que Mauriac, au moment où paraît cet épilogue, est sur le point de devenir chroniqueur à *L'Écho de Paris*, le journal où Barrès l'avait fait connaître et auquel il avait cherché à collaborer, lui aussi, dès 1919. On sait, en outre, que l'écrivain était un adepte des mots croisés.

49. Cru célèbre du Haut-Médoc, le château-léoville est récolté sur la commune de Saint-Julien, non loin du gruaud-larose, déjà cité.

50. Noémi pourrait trouver dans cette lecture un avant-goût de ce dépaysement dont elle rêve, et une incitation à s'abandonner à l'irritation sinon à la haine, les « nouveaux sentiments qui cherch[ent] à s'emparer » de son propre cœur.

51. Cherchant « une signification dans le récit » à cette citation choisie assez loin de la précédente (sept pages dans l'édition de *Lucien Leuwen* du Livre de Poche, cf. pp. 192-199), Jacques Petit observe finement : « C'est à Noémi qu'on pourrait l'appliquer dans sa première partie. Mais "vos yeux vus de près m'effrayaient..." pourrait bien traduire les sentiments de Jérôme qu'à cet instant en effet Noémi effraye... » (Éd. de la Pléiade, t. II, pp. 1236-1237.)

52. Mauriac emprunte le nom du pharmacien à celui d'un homme politique célèbre de sa jeunesse : Camille Darquey, conseiller général de Bazas, animateur du *Républicain bazadais.* Voir Jean-Claude Drouin, « Aspects sociaux et politiques du Bazadais vers 1900 », in *Cahiers de Malagar*, I, été 1987, p. 74.

Table

Le Livre de Poche Biblio

Extrait du catalogue

Le Général de l'armée morte
Invitation à un concert officiel
La Niche de la honte

Franz KAFKA
Journal

Yasunari KAWABATA
Les Belles Endormies
Pays de neige
La Danseuse d'Izu
Le Lac
Kyôto
Le Grondement de la montagne
Le Maître ou le tournoi de go

Andrzeij KUSNIEWICZ
L'État d'apesanteur

Pär LAGERKVIST
Barabbas

D.H. LAWRENCE
Le Serpent à plumes

Primo LEVI
Lilith
Le Fabricant de miroirs

Sinclair LEWIS
Babbitt

LUXUN
Histoire d'AQ : Véridique biographie

Carson McCULLERS
Le cœur est un chasseur solitaire
Reflets dans un œil d'or
La Ballade du café triste
L'Horloge sans aiguilles
Frankie Addams

Naguib MAHFOUZ
Impasse des deux palais
Le Palais du désir

Thomas MANN
Le Docteur Faustus

Katherine MANSFIELD
La Journée de Mr. Reginald Peacock

Henry MILLER
Un diable au paradis
Le Colosse de Maroussi
Max et les phagocytes

Vladimir NABOKOV
Ada ou l'ardeur

Anaïs NIN
Journal 1 - *1931-1934*
Journal 2 - *1934-1939*
Journal 3 - *1939-1944*
Journal 4 - *1944-1947*

Joyce Carol OATES
Le Pays des merveilles

Edna O'BRIEN
Un cœur fanatique
Une rose dans le cœur

PA KIN
Famille

Mervyn PEAKE
Titus d'Enfer

Robert PENN WARREN
Les Fous du roi

Leo PERUTZ
La Neige de saint Pierre
La Troisième Balle
La Nuit sous le pont de pierre

Luigi PIRANDELLO
La Dernière Séquence

Ezra POUND
Les Cantos

Augusto ROA BASTOS
Moi, le Suprême

Raymond ROUSSEL
Impressions d'Afrique

Salman RUSHDIE
Les Enfants de minuit

Arthur SCHNITZLER
Vienne au crépuscule
Une jeunesse viennoise

Leonardo SCIASCIA
Œil de chèvre

Isaac Bashevis SINGER
Shosha
Le Manoir
Le Domaine

André SINIAVSKI
Bonne nuit !

Alexandre VIALATTE
La Dame du Job
La Maison du joueur de flûte

Thornton WILDER
Le Pont du roi Saint-Louis
Mr. North

Virginia WOOLF
Orlando
Les Vagues
Mrs. Dalloway
La Promenade au phare
La Chambre de Jacob
Années
Entre les actes
Flush
Instants de vie

Cahiers de l'Herne

(Extraits du catalogue du Livre de Poche)

Julien Gracq   4069

Julien Gracq, le dernier des grands auteurs mythiques de la littérature contemporaine. Par Jünger, Buzzati, Béalu, Juin, Mandiargues, etc. Et un texte de Gracq sur le surréalisme.

Samuel Beckett   4934

Mystères d'un homme et fulgurance d'une œuvre. Des textes de Cioran, Kristéva, Cixous, Bishop, etc.

Louis-Ferdinand Céline   4081

Dans ce Cahier désormais classique, Céline apparaît dans sa somptueuse diversité : le polémiste, l'écrivain, le casseur de langue, l'inventeur de syntaxe, le politique, l'exilé.

Mircea Eliade   4033

Une œuvre monumentale. Un homme d'exception, attaché à l'élucidation passionnée des ressorts secrets de la vie de l'esprit. Par Dumézil, Durand, de Gandillac, Cioran, Masui...

Martin Heidegger   4048

L'œuvre philosophique la plus considérable du XXe siècle. La métaphysique, la pensée de l'Être, la technique, la théologie, l'engagement politique. Des intervenants prestigieux, des commentaires judicieux.

René Char   4092

Engagé dans le surréalisme et chef de maquis durant la seconde guerre mondiale, poète de la dignité dans l'épreuve et chantre de la fraternité des hommes : René Char confère à son écriture, au lyrisme incantatoire, le style d'un acte et les leçons d'un optimisme en alerte. Par Bataille, Heidegger, Reverdy, Eluard, Picon, O. Paz...

Jorge Luis Borges   4101

Enquêtes, fictions, analyses, poésie, chroniques. L'œuvre, dérive dans tous les compartiments de la création. Avec Caillois, Sabato, Ollier, Wahl, Bénichou...

Francis Ponge   4108

La poésie, coïncidence du parti pris des choses et de la nécessité d'expression. Quand le langage suscite un strict analogue du galet, de l'œillet, du morceau de pain, du radiateur parabolique, de la savonnette et du cheval. Avec Gracq, Tardieu, Butor, Etiemble, Bourdieu, Derrida...

Henri Michaux   4107

La conscience aux prises avec les formes et les intensités de la création. Par Blanchot, Starobinsky, Lefort, Bellour, Poulet...

Composition réalisée par C.M.L., Montrouge

IMPRIMÉ EN FRANCE PAR BRODARD ET TAUPIN
Usine de La Flèche (Sarthe).
LIBRAIRIE GÉNÉRALE FRANÇAISE - 6, rue Pierre-Sarrazin - 75006 Paris.

ISBN : 2 - 253 - 00901 - 6   30/1062/6